AF175153

Tödliche Spiele

Kriminalroman von Steffan Witsch

David Longway war ein abgehalfterter, alkoholkranker Mann, ein wenig älter als fünfzig Jahre, der mit seinem Kompagnon Jim Hanks ein schlecht florierendes Ermittlungsbüro in New Yorks Bronx führte. Die kargen Einkünfte reichten gerade für Miete, Auto, Schnaps und Huren.

An einem trostlosen Oktobermorgen im Jahr 1968 steckte im Briefkasten ein Umschlag mit hundert Dollar und einem Foto. Ein Unbekannter bat ihn das abgebildete Mädchen zu suchen, das von zu Haus ausgerückt war und sich nicht mehr meldete. Bei Erfolg winkten weitere vierhundert Dollar.

Triumphierend kaufte Longway eine Flasche Whisky. Endlich war er auf der Siegesstraße. Das Blatt hatte sich gewendet. Dem Partner erwähnte er keine Silbe über den neuen Job. Er verspürte keine Lust das Geld zu teilen.

Gleich am nächsten Tag begann er mit der Suche. Er fragte in diversen Kneipen und Straßen nach dem Mädchen und zeigte das Foto vor.

Niemand kannte den Teenager.

Er erweiterte das Suchgebiet nach Queens.

Und endlich hatte er Erfolg. Ein Barkeeper erinnerte sich an das blutjunge Mädchen und gab ihm den entscheidenden Tip.

Die Gesuchte sollte sich in einem Motel in der Hollystreet aufhalten und dort den Gästen ihre Liebesdienste anbieten.

Am Vormittag des folgenden Tages trank Longway zwei Flaschen Rotwein und einen halben Liter Whisky. Er fläzte sich auf die Bürocouch und pennte den Vollrausch aus. Erst als die Nacht angebrochen war, erwachte er mit schwerem Kopf. Die Kehle schien ausgetrocknet und er spülte den restlichen Whisky nach. Dann füllte er das Waschbecken mit eiskaltem Leitungswasser und tauchte das Gesicht hinein. Anschließend schnallte er den Schultergurt mit dem 44er Colt an, zog das Jackett über und torkelte los.

Es war kurz nach 21 Uhr und David Longway ahnte nicht, dass er nur noch kurze Zeit zu leben hatte.

Er fuhr mit dem uralten Ford Mercury nach Queens.

Gegenüber der Absteige parkte er. Er blieb im Fahrzeug, rauchte eine Zigarette und ärgerte sich, weil er sich nichts zum Trinken mitgenommen hatte.

In dieser Gasse war kaum Verkehr und er verließ den Wagen. Er schnippte den Glimmstengel durch die Nachtluft. Die Glut zerstäubte auf dem Asphalt.

Zielbewusst marschierte er zum Rückgebäude des Motels. Der Hinterhof war gänzlich unbeleuchtet und Longway rutschte beinahe auf einem matschigen Haufen aus.

Er rümpfte die Nase. Hundescheiße. Laut fluchte er.

Ungehindert konnte er das Treppenhaus betreten. Lediglich eine armselige Lampe an der Decke flackerte unstet.

Doch er wusste Bescheid. Er öffnete die erstbeste Tür und schritt eine Steintreppe zum Keller hinunter. Dort hauste nach Angaben des Barmannes das Mädchen und empfing ihre Freier. Energisch klopfte Longway an der nächstliegenden Tür. Keine Antwort. Er pochte wie-

2

derholt. Nichts rührte sich. Lauernd blickte er um sich. Niemand zu sehen im düsteren Licht und er drückte die Klinke.

Gleichzeitig versetzte ihm Irgendjemand von hinten einen rabiaten Hieb und schubste ihn in den finsteren Raum.

Deutlich rastete das Türschloss ein und ein Riegel wurde vorgeschoben.

Longway war eingekesselt von abstruser Lichtlosigkeit. Er konnte die Hand vor den Augen nicht sehen. Der Alkohol im Gehirn lüftete sich und die nackte Angst attackierte ihn wie eine hungrige Raubkatze. Verzweifelt rüttelte er an der Türklinke. Vergeblich. Er war gefangen.

„He, ich will hier raus! Verdammt, das ist kein Spaß! Lasst mich sofort hier raus!", schrie er.

Schließlich beruhigte er sich etwas und hielt den Atem an.

Was war da für ein Geräusch?

Dann ist hörte er es.

Unterdrückte, gepresste Atemzüge.

In diesem Raum war noch ein Mensch und der hatte Angst wie er.

Longway roch den Hundekot an der Schuhsohle und ihm wurde übel von dem Gestank. Stocknüchtern geworden zog er den Revolver, spannte den Abzugshahn. Metallen knackte es in der bleiernen Stille.

Er konnte nicht ausloten, aus welcher Richtung der fremde Atem wehte. Auf einmal ertrug er die Nervenbelastung nicht länger und er rief erneut in das grausame Dunkle: „Verfluchter Bastard, wer bist du? Was willst du von mir? Zeige dich endlich!"

Seine schrille Stimme überlappte sich. Sie klang ihm selber fremd.

Ein Schuss krachte, zerriss ihm fast das Trommelfell und aus der Finsternis fauchte eine rötliche Flamme auf ihn zu. Er spürte einen heftigen Einschlag im Oberkörper, aber keinerlei Schmerz.

Er zielte in den Mündungsblitz hinein, schoss bis keine Kugel mehr in der Kammer war.

Sein linker Arm wurde taub. Er sackte auf den Boden, legte die Waffe ab und tastete an die Brust. Warmes Blut sprudelte ihm über die Finger.

Er verstand das einfach nicht. Es ging nicht in seinen Kopf. Das war doch nur ein simpler Auftrag. Er sollte ein ausgebüxtes Gör einfangen. Und jetzt lieferte er sich in einem fensterlosen Gefängnis ein tödliches Gefecht mit einem Unbekannten. Dicht unterhalb des Herzen steckte eine Kugel und er fühlte Blut und Leben aus dem Körper strömen.

Orientierungslos krabbelte er auf allen Vieren im Kreis herum.

Der unsichtbare Feind atmete nicht mehr. Longway suchte nach ihm. In der Dunkelheit stieß er mit der Hand in ein kaltes, bärtiges Gesicht. Erschrocken zuckte er zurück. Zitternd kramte er in der Hosentasche nach Streichholz. Er zerbrach fünf Hölzer, bevor es ihm gelang eines anzuzünden. Die kleine, lodernde Flamme beleuchtete ein kreidebleiches Männerantlitz.

Und Longway glaubte den Verstand zu verlieren. Der Tote war Jim Hanks.

Er tötete den eigenen Partner und er kapierte es nicht. Wieso war Jim auch in diesem Raum? Wie kam er hierher und was wollte er hier?

Das knisternde Feuer verbrannte seine Fingerkuppeln. Doch das schmerzte nicht. Das Zündholz erlosch und das stoppelige Antlitz vor ihm löste sich in Nichts auf.

Longway wälzte sich auf den Rücken und schloss die Augen. Die Gedanken wurden unklarer, waren nicht mehr zu greifen. Sein armseliges Leben war bald vorbei. Er wusste es und es berührte ihn nicht.

Gleißender Lichtstrahl auf seinem Gesicht veranlasste ihn noch einmal den Kopf zu heben.

Die Helligkeit blendete ihn. Eine Person mit einer Taschenlampe beugte sich über ihn. Empfindungslos sagte eine Stimme und er musste sich anstrengen um sie zu verstehen: „He, Longway! Wie fühlst du dich? Du siehst nicht gut aus. Du stinkst nach Hundescheiße. Interessiert dich noch, wieso dein Partner hier mitmischte? Gut, ich sage es dir. Jim erhielt denselben Auftrag wie du. Wir kalkulierten eure Geldgier ein und wussten, dass ihr euch nicht absprechen würdet, weil jeder das Honorar allein kassieren wollte."

„Warum?" flüsterte Longway.

Die Silhouette lachte: „Es ist nur ein Spiel, David. Von Zeit zu Zeit machen wir uns einen Spaß. Wir organisieren ein Detektivpaar und erteilen jedem einzelnen die gleiche Anweisung. Keiner weiß vom anderen. Wir fingieren den Ablauf so, dass beide zum Finale in einem lichtlosen Bunker aufeinander treffen und sich gegenseitig umbringen. Ich habe auf deinen Partner gewettet. Leider verloren. Du bist der Gewinner."

„Was für ein Spiel", sagte Longway. „Und ich habe gewonnen? Noch nie im Leben habe ich etwas gewonnen."

„Gratuliere, David", sagte der Mörder und schnitt Longway die Kehle durch.

Im Eingang erschien eine zweite Gestalt. Das Flurlicht warf einen monströsen Schatten in den Todesraum. Eine dumpfe Stimme monierte: „Das war eine schlechte Auslese. Die beiden waren Hohlköpfe. Das endete mir viel zu schnell und zu unspektakulär. Wir müssen unser Spiel verfeinern, dafür benötigen wir bessere und intelligentere Mitspieler. Sonst wird es allmählich langweilig."

Der Killer putzte die blutverschmierte Messerklinge am Hosenbein des toten Longway ab und nickte zustimmend. „Sie haben wie immer recht, Mr. Whiteman. Das Spiel wird fade. Ich verspreche Ihnen, ich berufe für die nächste Show gewieftere Männer..."

***

Der grauhaarige, übergewichtige Mann, eingepfercht im engen Polstersessel, sagte zu seinem Gegenüber: „Sie müssen diesen Verbrecher das üble Handwerk legen. Geld spielt dabei keine Rolle. Ich bezahle jeden Preis."

„Das wird ein schwieriges Unterfangen, Mr. Lincoln. Und Sie wissen das", erwiderte Jeck Born vorsichtig. „Whiteman ist New Yorks meistgesuchtester Verbrecher. Die Bundespolizei sucht ihn. das Drogendezernat sowieso, alle fahnden bisher erfolglos nach ihm. Wie sollte ausgerechnet ich ihn finden?"

Neil Lincoln massierte die steif gewordenen Fingerknöchel. Im krassen Gegensatz zu seiner Leibesfülle war sein Kopf zu klein geraten. Hass klang in seiner Stimme mit: „Whiteman tötete meine einzige Tochter. Von ihm kommt das Heroin, welches sie sich in die Venen pumpte. Das Gift zerstörte ihren Körper und ihre Seele. Sie starb wie ein verendetes Tier. Whiteman verteilt tonnenweise Drogen in der Stadt und niemand hindert ihn ernsthaft daran. Die Cops sperren unwichtige Dealer ein, die ein paar Gramm verscherbeln. Das ist Augenwischerei. Ich will den Mörder meiner Tochter. Ich will Whiteman. Ich bin bereit zehntausend Dollar auf seine Ergreifung auszusetzen. Dreitausend sofort. Den Rest, wenn er tot ist."

Jeck Born, von Beruf Privatdetektiv, mittelgroß und hager wie ein Wolf, fahlblonde Haare, buschige Augenbrauen und buschiger Oberlippenbart, ging auf Distanz. Der 33Jährige sagte: „Mister Lincoln. Ich bin kein Mietkiller. Wenn Sie einen Mörder dingen wollen, dann bin ich der falsche Mann."

„Steigen Sie vom hohen Ross, Born", erregte sich der Grauhaarige. „Ich weiß, dass Sie nicht in Reichtum schwimmen. Sie brauchen das Geld. Ich habe mich über Sie und Ihren Partner informiert. Da sind die überfälligen Raten für Ihren neuen Porsche, die Miete für das Penthouse und die Pacht für die Büroräume. Sie sind bankrott, Born. Aber Sie sind ein guter Detektiv. Also suchen Sie Whiteman und erledigen Sie ihn."

In dem akklimatisierten Geschäftszimmer herrschte eine kalte, sterile Atmosphäre.

Trockener Schweiß bildete sich auf Borns Stirn. Er fühlte sich unbehaglich. „Sie haben Recht. Ich benötige dringend einen Auftrag. Doch ich werde keinen Mord dafür begehen."

Verärgert schlug Lincoln eine Faust in die andere offene Hand. „Gottverflucht, Born. Meinetwegen erschießen Sie Whiteman in Notwehr. Fordern Sie ihn zum Duell. Es mir egal, wie Sie ihn zur Strecke bringen."

„Whiteman ist ein Phantom. Niemand hat diesen Mann je gesehen. Vielleicht existiert er gar nicht. Vielleicht ist er nur eine Erfindung."

„Dann finden Sie das heraus. Irgendwer ist schuld am Tod meiner Tochter. Wer es auch ist, schicken Sie ihn in die Hölle. Tun Sie Ihre Arbeit. Sie erhalten gutes Geld."

Die arrogante Art, wie ihn Lincoln behandelte, missfiel Born. Doch er konnte nicht sehr wählerisch sein. Er benötigte dringend einen lukrativen Job. Und Lincoln bot ihm einen an.

Widerwillig nickte er: „Okay, Mr. Lincoln. Ich übernehme den Auftrag. Dennoch wiederhole ich mich, ich werde Whiteman nicht liquidieren."

„Okay, warten wir ab was passiert, Born. Ich erwarte jeden Tag einen schriftlichen Bericht über den Verlauf Ihrer Nachforschungen."

„Das kann ich Ihnen nicht versprechen."

„Dann rufen Sie mich zumindestens an. Ich will immer über den Stand der Dinge informiert sein. Denken Sie daran, ich bin Ihr Arbeitgeber."

„Ja, ich weiß", sagte Jeck Born und schluckte die kochende Wut.

Zufrieden lehnte sich Lincoln zurück. „Gut, ich sehe wir sind uns einig. Mein Fahrer wartet unten auf der Straße. Er fährt Sie zu meinem Lohnbüro in der 154the Straße. Dort zahlt man Ihnen dreitausend Dollar Vorschuss für Ihre Auslagen und gibt Ihnen ein Foto meines Kindes."

„Sie werden von mir hören, Mr. Lincoln", verabschiedete sich der Detektiv. Er wunderte sich nicht einmal über den schlaffen Händedruck des neuen Auftraggebers. Er wollte nur an die frische Luft. In diesem Raum war kein Sauerstoff zum Atmen.

Die weizenblonde Sekretärin im Vorzimmer nahm keinerlei Notiz von seinem fluchtartigen Abgang.

'Oh, Hölle, auf was habe ich mich da eingelassen', dachte er, während er über den Etagenflur zum Lift ging. Ausgerechnet Whiteman. An dem bissen sich sämtliche New Yorkers Cops die Zähne aus. Wie sollte er, Jeck Born, an diesen Mann rankommen? Ihn muss der Teufel geritten haben, als er Lincoln zusagte. Zehntausend waren eine Menge Kohle. Aber vielleicht wird er sie nie ausgeben können. Er sah seine Leiche bereits am Grund des Hudson River versenkt.

Born verließ den Aufzug und das Gebäude.

Verkehrslärm, Menschengewühl, Hektik und Gedränge. Das war seine Welt. Das war das brodelnde New York. Die Stadt, die einem verschlang.

Am Fahrbahnrand, direkt vor dem Hochhaustrakt, parkte ein schneeweißer Cadillac Eldorado. Gelangweilt hockte ein Japaner mit Chauffeursmütze und übergroßer Sonnenbrille auf dem Kotflügel.

„Sukutscho?" fragte ihn Jeck Born.

Der Fahrer nickte ohne die Sonnenbrille abzunehmen. Geschmeidig glitt er vom Wagen herunter. „Steigen Sie ein, Mr. Born. Ich bin unterrichtet."

Er öffnete höflich den hinteren Verschlag.

Wortlos setzte sich Born auf die weiche Polsterbank und brannte eine Zigarette an.

Sicher fädelte Sukutscho das schwere Gefährt in den stark frequentierten Verkehr ein. Er fuhr über die Throgs Neck Bridge nach Queens.

"Ich hätte getippt, Sie tun es nicht", brach er das Schweigen.

„Was tue ich nicht?" Born warf die Kippe durch das spaltoffene Seitenfenster.

„Das Sie diesen Job übernehmen. Mann, Sie müssen verrückt sein, wenn Sie glauben, Sie können Whiteman die Eier einklemmen."

„Na und? Was geht Sie das an?"

„Keiner kann Whiteman ans Leder. Die Bullen versuchen das schon seit Jahren ohne den geringsten Erfolg. Es ist wie verhext. Wenn sie glauben sie haben ihn, verschwindet er vor ihren Nasen. Nun wollen Sie Whiteman kriegen? Niemals! Sie sind so gut wie tot, Mann."

„Ihre Anteilnahme rührt mich, Sukutscho", erwiderte Born ironisch.

Der Japaner lenkte das Fahrzeug auf den Cross Island Parkway. „Mr. Lincoln macht Whiteman für den Tod seiner minderjährigen Tochter verantwortlich", redete er drauflos. „Sie krepierte vor vier Wochen in einer schäbigen Absteige in der Hollystreet. Die Morphiumspritze steckte noch in ihrer Armvene. Luzilla war nicht mehr zu retten."

„Was weißt du über Whiteman?" fragte Born neugierig geworden.

„Angeblich ist er der Big Boss. Eines Tages war er einfach da. Es gab viele Machtkämpfe, viel Blut und viele Leichen. Heute kontrolliert er beinahe alles. Drogen, Prostitution, Glücksspiele. Und er ist bekannt für makabre Gesellschaftsspiele. Nur die engsten Mitarbeiter kennen sein Gesicht. Er scheut die Öffentlichkeit wie Graf Dracula das Christenkreuz. Dem Namen nach könnte er ein Weißer sein. Aber sicher ist das auch nicht. Jeder kann Whiteman sein."

„Auch du?" spöttelte Born.

Darauf antwortete Sukutscho nicht. Er bog in die 154the Straße ein und verlangsamte die Fahrt.

„Wir sind da!"

Der Wagen bremste vor einem alten, abgewirtschafteten, vierstöckigen Gebäude. An der Vorderfront blätterte der grobe Verputz ab und dahinter leuchtete roter Ziegel. Die grüngestrichenen Fensterläden waren stark verwittert und es gab kaum eine heile Glasscheibe.

Argwöhnisch sagte Born: „In dieser Bauruine soll Lincolns Lohnbüro sein? Das Büro eines Millionärs? Das ist ein Scherz!"

„Lincoln liebt dieses Haus. Lassen Sie sich nicht durch den äußeren Eindruck täuschen."

Sukutscho hielt Born die Hecktür auf. „Das Büro ist im vierten Stock. Letzter Eingang am Ende des Flurs. Sie können es nicht verfehlen. Ich warte hier im Auto und fahre Sie hinterher nach Hause."

Jeck Born drückte die knarrende Hauspforte auf. Irgendwer hatte einmal das Türblatt durchgetreten. Jetzt waren ein paar Bretter schräg über das zersplitterte Holz genagelt. Im Treppengang stank es nach Hundekot, Abfälle, nach Pisse und alter Farbe.

Der Fahrstuhl war außer Betrieb und Born musste die morsche Holzstiege nach oben nehmen. Dabei traf er keinen einzigen Anwohner an. Einige Wohnungen standen offen. Ausgeräumt bis auf Sperrmüll und anderen Unrat. Überall fingerdicke Staubschicht. Hier lebte niemand mehr. Das Haus war tot.

'Merkwürdig, ein Geschäftsbüro in diesem abbruchreifen Gebäude?' dachte er. „Der Spleen eines Millionärs? Komisch, was es alles gibt."

Nachdenklich erreichte er die vierte Etage und ging den Korridor entlang zur letzten Wohnung.

In Augenhöhe war ein einfaches Messingschild angeschraubt: **Immobilien N. Lincoln Personal & Lohnbüro**

Keine Klingel. Jeck Born klopfte. Irgendwie erschien ihm alles suspekt. Leicht beunruhigt zündete er sich eine Gauloise an. Dann machte ein großgewachsener Mann mit Habichtgesicht und Nickelbrille die Tür auf.

„Kommen Sie herein, Mr. Born", sagte er grußlos.

„Guten Tag!" sagte Born.

„Ich darf vorausgehen? Folgen Sie mir!"

In der Diele lösten sich die Tapeten von den Wänden. An der Plache schaukelte nur eine nackte Birne in der Fassung. Der provisorisch zusammengeleimte Garderobenschrank drohte auseinanderzubrechen. Das war keine Geschäftsstelle. Das war eine heruntergekommene Pennerbehausung.

Die Gewissheit, dass hier etwas oberfaul war, verstärkte sich.

Der Voranschreitende führte Born in ein spartanisch eingerichtetes Wohnzimmer. Höflich überließ er ihm den Vortritt und drückte die

11

Tür hinter sich zu. Demonstrativ verschränkte er die Arme über der Brust und wartete ab.

Auch in diesem Raum das unveränderte Bild. Heruntergerissene Papiertapeten, brüchige Möbel, ausgefranster Teppich, Schmutz an allen Ecken und Enden. Um einen hässlichen Plastiktisch saßen drei Männer in korbgeflochtenen Stühlen und der Qualm der Zigaretten nebelte ihre Köpfe ein. Der Aschenbecher quoll vor Stummel über und die graue Asche verteilte sich über der Tischplatte.

Ein Korbstuhl war noch unbesetzt. Aber Born verspürte keine Lust sich hinzusetzen. Er war angespannt bis zu den Zehenspitzen.

Ein stiernackiger Mann, brauner Straßenanzug, trübe, farblose Augen, breitflächiges Gesicht, bequemte sich zu erheben und reichte Born die Hand: „Ich freue mich Sie kennenzulernen, Mr. Born. Entschuldigen Sie diesen fragwürdigen Treffpunkt. Aber er erschien uns ideal. Mein Name ist Edgar Hoover. Ich bin Chef des FBI."

„Was? Wer sind Sie?" entfuhr es Born entgeistert.

Der angebliche FBI-Chef blieb ungerührt und stellte die restliche Runde vor: „Der Herr zu meiner Linken ist General Black, Leiter einer Sonderabteilung des CIA, und der Herr an meiner rechten Seite ist General Dickenson vom Drogenbekämpfungsderzernat."

Wie ein Stein plumpste Born in den leeren Stuhl. Sprachlos musterte er die drei Männer. Er tippte die Zigarettenasche ab und sagte barsch: „Edgar Hoover, William Black und Robert Dickenson, die mächtigsten Häuptlinge Amerikas nach dem Präsidenten? Das wollt ihr sein?"

Er schüttelte das Haupt. „Ihr wollt mich verarschen, richtig? Das ist irgend so ein Drecksspiel. Versteckte Kamera, oder ähnliches. He, wo habt ihr das Ding versteckt?" Suchend wanderten Borns Augen umher. Er entdeckte nichts Auffälliges.

12

„Das ist kein Spiel, Mr. Born!"

„Ach nein? Wer seid ihr drei Hampelmänner wirklich?"

„Wir wissen warum Sie hier sind", überging Hoover die Provokation.

„Warum bin ich hier, Sie Schlaumeier?"

„Sie sind hier um dreitausend Dollar Anzahlung zu kassieren. Die bezahlt Ihnen Neil Lincoln, wenn Sie Whiteman kaltmachen. Bei erfolgreichem Abschluss gibt es weitere siebentausend. Nicht wahr?"

„Mag sein", wich Born aus.

„Aber haben Sie sich mit dieser Arbeit nicht übernommen, Mr. Born? Whiteman wird von unseren Sicherheitsorganen gejagt und wir kamen bisher nicht mal auf Sichtweite an ihn heran. Wir speisten Undercoveragenten in die Rauschgiftszene ein. Alle wurden sie enttarnt und mit Betonklötzen an den Füßen in den Hudson River geworfen."

Unwillig fragte Born: „Und was hat das mit mir zu tun? Warum erzählen Sie mir so einen obskuren Quatsch? Was wollen Sie von mir?"

General Black mischte sich ein. Er war von kleiner Statur. Das blasse Gesicht erinnerte an eine Spitzmaus. „Wir haben es endlich geschafft einen Agenten in Whitemans engsten Kreis einzuschleusen. Es ist nur eine Frage der Zeit, bis wir Whiteman auffliegen lassen. Sie sollten uns nicht in die Arbeit pfuschen, Mr. Born. Zuviel steht für uns auf dem Spiel. Kündigen Sie den Job und kommen Sie uns nicht in die Quere. Whiteman gehört uns. Habe ich mich klar ausgedrückt?"

„Klar und deutlich, doch ich weiß immer noch nicht, was ihr Leute für eine Show abzieht."

Born zermahlte die Zigarette im Ascher und stand auf.

„Whiteman zerquetscht Sie wie eine Mücke", ergriff der dritte Mann das Wort. Stämmige Figur, glatzköpfig und feindselig.

„Ich habe das Gefühl von den Herren zahlt mir niemand meine Kohle aus. Ich nehme an, ich bin im falschen Büro." Abwertend sah sich Born um. „Das ist nicht Lincolns Büro, richtig? Das ist nur eine stinkige Kloake und ihr seid nur eine drittklassige Theatergruppe?"

„Sie sind ein dummer Privatdetektiv", sagte Edgar Hoover. „Sie werden ihr Honorar nicht verdienen. Whiteman ist eine Nummer zu groß für Sie."

Kommentarlos wendete sich Jeck Born zur Tür.

Dort verbaute ihm das Habichtgesicht mit der Nickelbrille den Weg.

Freundlich sagte Born: „Mach mir Platz, Freund."

„Bill, erteile diesem Angeber eine Lektion, die er nicht so schnell vergisst", rief Hoover hinter ihm. „Knacke ihm ein paar Rippen an, aber passe auf, dass du ihn nicht umbringst."

Blitzschnell griff Bill an und schlug nach Borns Kopf.

Doch der duckte sich geistesgegenwärtig und hämmerte dem Angreifer die Faust an das Kinn.

Benommen wankte Bill zurück. Die Brille hing schräg auf der Nase. Ehe er sich versah, wurde er durch einen Judogriffe ausgehebelt. Er flog durch die Luft und landete unsanft zu Edgar Hoovers Füßen.

Nervös sprang Bill auf und rückte die Brille gerade. In seiner Hand blitzte plötzlich eine Messerklinge.

Etwas vorgebeugt wartete Jeck Born auf den Gegner.

Wie ein Tiger umkreiste ihn Bill. Bereit zum tödlichen Stoß.

„Bill, du sollst ihn nicht töten!" warnte Hoover.

Trotzdem stach Bill zu.

Jeck Born wich gerade noch aus. Der Dolch ritzte den Jackenärmel auf. Nun wurde Born richtig böse. Er rammte beide Fäuste in den Magen des Angreifers.

Bill schrie auf und klappte wie ein Taschenmesser ein.

Mitleidlos stieß Born sein Knie hochwärts und traf Bill mitten ins Gesicht. Die Brillengläser zersplitterten, das Nasenbein knirschte gräßlich.

„Passable Vorstellung, Mr. Born", lobte Hoover und richtete eine Pistole auf ihn.

Und nun war es Jeck Born endgültig klar, dass er mit offenen Augen in eine Falle getappt war. Diese Männer gehörten ebensowenig zum CIA und FBI und Drogendezernat wie er zu Interpol. Er hatte Whiteman gewaltig unterschätzt. Whiteman war bereits informiert und ließ ihn gebührlich empfangen.

Born ignorierte einfach die vorgehaltene Waffe und wollte zum Ausgang hinaus. Um ein Haar prallte er mit Sukutscho zusammen. Der Japaner, der ihn in dieses ominöse Haus gelockt hatte.

Verdammt, was läuft da für ein abartiges Spiel?

„Tut mir leid, Mr. Born. Bitte gehen Sie wieder zurück", lächelte Sukutscho asiatisch liebenswürdig.

Nicht gar so nett war Born: „Du Scheißkerl, du hast mich an Whiteman verkauft. Weiß Lincoln, dass du zwei Herren dienst?"

„Aber nein. Er glaubt ich bin ihm demütig ergeben."

„Na großartig!", sagte Born und keilte dem Grinsenden den Schuhspann zwischen die Beine.

Winselnd hielt sich Sukutscho die schmerzenden Genitalien und aus den Schlitzaugen rollten die Tränen.

Ein Revolver krachte und die Kugel zwitscherte durch Borns Haare. Er drehte sich halb um die Achse, fischte seine Springfield Pistole aus dem Schulterhalfter und feuerte zurück.

Wachsbleich streckte sich Edgar Hoover im Stuhl. Er krallte die Hand in die blutende Brustwunde und der rauchende Colt rutschte ihm aus den Fingern. Er flüsterte noch: „Zur Hölle, wieso hat der Hurenbock eine Kanone?"

Die beiden anderen Männer reagierten unterschiedlich.

Während sich General Black flach auf den Teppich warf, wollte Dickenson auch nach der Waffe greifen.

„Tu es und du atmest zum letzten Male", sagte Born eiskalt und visierte dessen Schädel an.

Dickenson zog die Hand zurück, als berührte er glühendes Eisen.

„Steht ihr alle auf Whitemans Lohnliste?"

„Mann, das sollte nur ein harmloser Spaß sein. Wir kriegen ein paar Kröten dafür, dass wir für dich ein Spektakel aufführen, dich ein wenig verprügeln und dir Angst einjagen. Das wäre völlig gefahrlos. Unser Auftraggeber versicherte uns, er würde dafür sorgen, dass du unbewaffnet bist, wenn du hier erscheinst. Verfluchter Hund, und jetzt hast du Clark erschossen."

„Ihr Idioten wurdet genauso reingelegt wie ich", sagte Born und beobachtete aus den Augenwinkeln wie sich Bill hochpäppelte und die gebrochene Nase befühlte.

Auch Sukutscho erholte sich langsam.

Die Lage wurde brenzlig. Es wurde höchste Zeit zu verschwinden.

Kompromisslos nietete Born die Pistole Bill ins Genick und sprang auf den Japaner zu.

Er rempelte ihn einfach über den Haufen und hüpfte über ihn hinweg.

Nochmals entlud sich ein Schuss und pfiff knapp an seinem Ohr vorbei. Unkontrolliert feuerte Born über die Schulter zurück.

Getroffen kippte Dickenson vom Stuhl.

Behände rannte Born aus der Wohnung in den Etagengang. Er hetzte die Treppe abwärts, dabei nahm er drei, vier Stufen auf einmal. Im zweiten Stock brauchte er einige Sekunden um zu verschnaufen. Niemand hinter ihm. Weder Bill noch Sukutscho, noch sonst wer. Nicht mehr ganz so schnell hastete er weiter. Dennoch war er in Schweiß gebadet, als er das Erdgeschoß erreichte. Jetzt erst steckte er die Waffe weg.

Langsam schritt er zum Ausgang. Durch die Ritzspalten der angenagelten Holzlatten erkannte er bruchstückhaft zwei Gestalten auf dem Bürgersteig, die sich so unauffällig benahmen, dass sie schon wieder verdächtig waren.

„Hallo, Jungs! Wie geht's?" grüßte er jovial die Aufpasser und schritt mitten durch die Beiden.

Perplex schauten sie sich an.

Da schlug Born ansatzlos den Ellenbogen gegen den Hals des links neben ihn Stehenden. Schmerzvoll verdrehte der die Augen.

„He, spinnst du?" protestierte der Kumpel lautstark.

Born nützte den Wankelmut der Männer und sputete zum Cadillac. Er hatte Glück. Der Wagen war nicht abgesperrt und er platzierte sich hinter das Steuer. Und wieder blieb ihm das Glück treu. Sukutscho hatte auch den Zündschlüssel stecken lassen. Born startete den Motor, winkte den beiden heranstürmenden Verfolger freundlich zu, legte den Gang ein und drückte das Gaspedal.

Der Luxusschlitten driftete reifenqualmend aus der Parklücke und nötigte einen ankommenden Buick zu einem Ausweichmanöver. Ein infernalisches Hupkonzert, kreischende Bremsen, querstehende Fahrzeuge. Born löste in Sekunden ein heilloses Verkehrschaos aus.

Ungeniert fuhr er weiter. Kurz blickte er in den Innenspiegel. Und was er dort sah, erhöhte seine Pulsfrequenz. Über die Rückenlehne krochen zwei gespreizte Hände auf seinen Hals zu.

Heftig trat er das Gaspedal bis zum Anschlag. Der Motor heulte auf und wie eine Rakete katapultierte der tonnenschwere Wagen über die Fahrbahn. Dann stieg Born knallhart in die Bremse. Die Reifen schmierten eine schwarze Gummispur auf den trockenen Asphalt. Die abrupte Verzögerung beförderte den blinden Passagier über Borns Schulter nach vorne.

Born ließ das Lenkrad aus, packte den Unbekannten am krausen Haarschopf und zog ihn zu sich heran. „Hallo, Freundchen, kannst du mir sagen, was du hier treibst?"

Der ungebetene Mitfahrer beantwortete nichts.

„Du verstehst mich nicht, was? Bist wohl taubstumm?"

Schweigend glotzte der Schwarzhäutige an Born vorbei.

Der stehende Cadillac behinderte mitten auf der 154the den gesamten Verkehr. Die nachfolgenden Fahrer kurvten um ihn herum und tippten sich, als sie auf gleicher Höhe an ihm vorbeifuhren, bezeichnenderweise an die Stirn.

Doch Jeck Born kümmerte das nicht. Er hielt den Pistolenlauf zwischen die dichten Augenbrauen des Fahrgastes und spannte den Hahn. Scharf sagte er: „Schickt dich Whiteman?"

Weiterhin keine Auskunft. Nur apathische Augen.

Nun wurde Born unduldsamer: „Verdammt, Kerl, hat es dir die Sprache verschlagen? Ich puste dein Scheißgehirn an die Windschutzscheibe. Also zum letzten Male, was tust du in diesem Auto? Wolltest du es klauen oder hast du es auf mich abgesehen?"

Wieder nur beharrliches Schweigen.

Freudlos sagte Born: „Mann, du bist ganz schön stur. Du bist einer von den Harten, was? Du willst mir auch nicht verraten wie du heißt oder?"

Unvermittelt sagte eine ironische Stimme aus dem Rückraum: „Er heißt Onkel Tom, du Schwachkopf!" Gleichzeitig wurde eine Revolvermündung in Borns Halswirbel gebohrt. Er leistete keinen Widerstand, als ihm der Hintermann die Waffe wegnahm.

„Scheiße, ich hätte mir denken können, dass ihr mich zu zweit auflauert. Whiteman sichert sich immer ab. Ich bin ein Idiot."

„Nimm es nicht persönlich, Mr. Born", spottete der Mann im Fond. „Aber Whiteman plant mit dir. Rück zur Seite, Schnüffler, und lasse Onkel Tom ans Steuer."

***

Privatdetektiv Steven Boy Welden, einmeterachtzig groß und leicht untergewichtig, etwas zu lange dunkelbraune Haare und Kotletten, eisgraue Augen, hatte in Miami Beach, Florida, gerade erfolgreich einen gut dotierten Auftrag erledigt.

Strahlendblauer, wolkenloser Himmel, endlos weißer Sandstrand, grünes Meer, attraktive Mädchen in knappen Bikinis. Welden wusste nicht was dagegen sprach, ein paar frcic Tagc zu gcnießen. Das graue Büro in New York konnte warten.

Entspannt ruhte er auf der Couch in seiner klimatisierten Hotelsuite. Eine brennende Zigarette in der Hand, auf dem Tischchen neben ihm ein eisgekühlter Whisky.

Es war früher Nachmittag und für ein Sonnenbad am Strand war es noch zu heiß. Er drückte die Kippe aus, kostete den Whisky und tagträumte vor sich hin.

Ein Pochen weckte ihn aus dem angenehmen Halbschlummer.

„Ja, was ist?" fragte er schläfrig.

„Ein Telegramm für Sie, Mr. Welden. Ich schiebe es unter die Tür durch."

Im Gang, schnelle Schritte, die sich entfernten.

Betulich schwenkte Welden die Beine vom Diwan und holte das Kuvert. Er trennte mit dem Fingernagel den Umschlag auf und entnahm den Inhalt. Es war eine vierzeilige Depesche.

Weldens sonnengebräuntes Gesicht erbleichte, als er die Nachricht durchlas. Ungläubig las er die Zeilen noch einmal:

Mister Steven Boy Welden, wir haben Ihren Freund und Geschäftspartner Jeck Born in unserer Gewalt. Wir fordern 150 000 Dollar für sein Leben. Sie haben 48 Stunden Zeit. Bei Nichtzahlung stirbt Jeck Born."

Mit freundlichen Grüßen

Whiteman

Ungestüm rannte Welden aus dem Appartement, um den Boten zurückzurufen, der den Brief hinterlegte. Doch auf dem Korridor war niemand mehr zum sehen.

Da schrillte das Telefon. Unerbittlich, gefahrverheißend. Er eilte in das Zimmer und hob den Hörer ab: „Ja?"

Der Hotelportier fragte: „Mr. Welden?"

„Ja, was ist?"

„Ein Ferngespräch aus New York. Einen Moment, ich stelle durch."

Lange Sekunden blieb die Leitung unterbrochen, dann eine kalte Stimme: „Mr. Welden, haben Sie mein Schreiben erhalten?"

„Ja, zum Teufel, was soll der Unsinn? Wenn das ein Scherz sein soll, fehlt mir das Verständnis dafür."

„Beruhigen Sie sich und hören Sie zu. Sie chartern die nächste Maschine nach New York. Vom Flughafen fahren Sie in ein Motel in der Hollystreet. Ich habe dort ein Zimmer für Sie reservieren lassen. Weitere Instruktionen und der Beweis, dass Mr. Born von mir gefangen gehalten wird, werden folgen."

„Verdammt noch mal, wer spricht dort? Was ist mit Jeck? Wieso hält ihr ihn gefangen? Was wollt ihr?"

„Wir wollen nur 150 000 Dollar für das Leben Ihres Freundes."

„Das ist unmöglich. Soviel Knete habe ich nicht. Ich bin doch kein Millionär!"

Ein belustigtes Lachen wehte durch den Äther. Dann wurde der Sprecher wieder ernst: „Die Geldbeschaffung ist nicht mein Problem. Es ist das Ihre. Doch bedenken Sie, wenn Sie nicht bezahlen, ist ihr Freund tot."

„Du Teufel, ich warne dich", fauchte Welden zornesrot. „Wenn du Jeck auch nur ein Härchen krümmst, dann Gnade dir..."

Ein Knacken in der Leitung. Aufgelegt.

Betroffen knallte Steven B. Welden den Hörer auf die Gabel.

Zur Hölle, was passierte da in New York? In welchen Schlamassel steckte Jeck Born?

Und wer zum Teufel war Whiteman?

Kurz entschlossen wählte er die Nummer der Rezeption: „Ich reise ab. Bereiten Sie die Rechnung vor und besorgen Sie mir ein Taxi zum Airport. Ich muss zurück nach New York."

***

Drei Stunden später landete die Maschine auf dem John F. Kennedy Airport in New York City. Der graubehangene Himmel öffnete seine

Schleusen und es regnete wie aus Kübeln. Böiger, nasskalter Wind. Welch ein Kontrast zum Sonnenparadies Miami Beach.

Schlecht gelaunt kämpfte sich Steven B. Welden durch die proppenvolle Flughafenhalle nach draußen zum Taxistand und der Regen peitschte in sein Gesicht.

Fröstelnd winkte er einem Taxi.

Gleich darauf fuhr er in einem klapprigen Mercedes Diesel auf dem Van Wyck Expressway nach Queens.

Die Scheibenwischer bemühten sich die Windschutzscheibe von den Wassermassen freizuschaufeln. Unaufhörlich prasselte der Regen hernieder.

Nach einer Weile wurde es dem Fahrer zu langweilig. Er wollte sich unterhalten und sagte: „Das ist aber nicht die feinste Adresse wo wir hinfahren, Mister. Sind Sie sicher, daß Sie in die Hollystreet wollen?"

„Wieso?" erwiderte Welden einsilbig.

„Na ja, ich meine nur. Das Belvedere hat einen üblen Ruf. Das ist eine miese Absteige für Nutten und ihre Freier, sowie für Asoziale und Kriminelle. Hin und wieder gibt es auch Tote in den Betten."

„Vielleicht verwechseln Sie es und es gibt noch ein anderes Hotel in der Straße?"

Entschieden wackelte der Fahrer mit dem Kopf: „No, Mister, das ist nicht zu verwechseln. In der Hollystreet steht nur ein Motel und das ist das Belvedere. Glauben Sie mir, Mister, da passen Sie nicht hin. Sie sind ein feiner Mann und sollten sich eine bessere Unterkunft aussuchen. Ich empfehle Ihnen das Ambassador in..."

„Wir fahren in die Hollystreet", schnitt ihm Welden das Wort ab.

Beleidigt sagte der Chauffeur: „Wie der Gast befiehlt. Ich meinte es nur gut. Beschweren Sie sich nicht hinterher. Ich habe Sie gewarnt."

22

Die restliche Fahrt verlief schweigend.

Dann stoppte der Taxiwagen. „Vola, das Belvedere."

Ein gelb gestrichener Hoteltrakt, fünfstöckig, keinesfalls vertrauenerweckend. Der eiserne Schriftzug **Belvedere,** über dem doppeltürigen Eingang angebracht, war nur bedingt vollständig. Einige Buchstaben hatten sich aus den Dübeln gelöst und hingen traurig aus der Reihe.

Steven B. Welden entlohnte den Fahrer und verzichtete auf das Wechselgeld. Er griff sich seine blaue Reisetasche und stieg aus.

Um sich vor dem Regenschauer zu schützen hielt er die Tasche über das Haar und hastete zum Hotelportal.

Im Foyer schüttelte er die Feuchtigkeit aus der Jacke und blickte sich neugierig um.

Keine Gäste in der Lobby. Hinter dem Empfangspult pennte ein aufgeschwemmter Fettkloß. Der Kopf war ihm auf die Brust geknickt und lautes Schnarchen röhrte aus dem Schlund.

Welden stellte die Reisetasche ab und dann klatschte er die flache Hand auf das Pult. Es knallte wie ein Schuss.

Der eierköpfige Dicke fuhr wie von der Tarantel gestochen in die Höhe. Angesammelter Speichel sabberte ihm aus dem wulstigen Mund, rann über das unrasierte Doppelkinn in den schmuddeligen Hemdkragen hinein. Mit zittrigen Handrücken wischte er die Spucke weg.

„Was ist...? Was ...was kann... ich..." stotterte er verdattert und der massige Körper krachte auf die Sitzfläche zurück, dass Welden befürchtete, der Holzstuhl zerlegte sich in seine Bestandteile.

„Guten Tag", sagte Welden und nannte seinen Namen. „Ich möchte ein Zimmer für eine Nacht."

Der Fleischberg hatte sich wieder gefasst. Träge beäugte er den Ankömmling von oben bis unten. „Steven B. Welden? Sie haben reserviert?"

Sein wurstdicker Zeigefinger strich die Namensliste im aufgeschlagenen Gästebuch ab.

„Wieso?" fragte Welden ironisch. „Ist das Luxushotel vielleicht ausgebucht?"

Der Portier überhörte den Spott. Als er im Buch auf den richtigen Namen stieß, rief er erfreut aus: „Steven B. Welden, stimmt's? Ja, jetzt fällt es mir wieder ein. Sie bestellten telefonisch. Sie haben Zimmer 33, dritter Stock."

Er grapschte nach hinten zu dem Schlüsselbrett an der Wand. „Wenn Sie etwas benötigen, Mr. Welden, klingeln Sie nach mir. Ich bin Porky Slim, das Mädchen für alles."

Er zögerte, als wollte er noch was hinzufügen.

„Ist noch was?", fragte Welden ungeduldig.

„Ich weiß nicht. Das heißt, ich bin nicht sicher."

Welden tat gleichgültig und nahm Porky Slim den Schlüssel ab.

„Es ist nur...". Porky Slim stockte.

„Wenn du etwas sagen willst, dann sage es", forderte Welden.

Er bückte sich nach seinem Reisegepäck.

„Es bezieht sich auf das Zimmer..."

„Mann, du nervst. Was ist mit dem Zimmer?"

„In dem Appartement starb vor Wochen ein blutjunges Flittchen und kurz darauf ein junger Mann. Selbstverständlich haben wir den Raum gereinigt und gelüftet, die Bettwäsche gewechselt. Trotzdem riecht es nach Leichenverwesung."

„Ich glaub's nicht", stöhnte Welden. „Dann gib mir einfach eine andere Stube."

„Ich habe keine andere, außerdem wünschten Sie bei der Reservierung ausdrücklich dieses Zimmer."

„Ich habe überhaupt nichts reserviert, aber was soll's. Ich bleibe bestimmt nicht lange. Auf keinen Fall länger als eine Nacht. Was kümmert mich das also?"

„Da ist noch etwas, Mr. Welden."

„Was ist denn jetzt noch?"

Porky Slim tat als vermutete er irgendwo heimliche Lauscher. Er beugte sich über das Empfangspult und flüstere Welden zu: „Man sagt, das Mädchen wäre eine Nutte von Whiteman gewesen, die aussteigen wollte. Aber unter Whiteman steigt niemand aus. Er war für ihren Herointod verantwortlich."

Nun horchte Welden auf: „Du sprichst von Whiteman?"

„Ja, genau, Whiteman gab dem Flittchen den goldenen Schuss. Und dann heftete er noch einen Zettel an die Tür des Apartments Nr. 33 mit der Drohung jeden zu töten, der darin übernachtet."

Jetzt war Welden endgültig geschafft: „Mann, was erzählst du für eine Gruselgeschichte?"

„Ich habe auch darüber gelacht. Vierzehn Tage nach dem Tod der Fixerin vermietete ich trotz der Vorkommnisse an einen jungen Mann. Am Morgen danach fand ich ihn in der Toilette. Auch totgespritzt. Die Cop's sagten Selbstmord. Ich behaupte, es war Whiteman. Er ist der leibhaftige Teufel. Sie sollten nicht im Appartement 33 schlafen. Gehen Sie in ein anderes Hotel."

Liebevoll tätschelte Welden die rosigen Wangen des Ängstlichen und sagte: „He, alter Knabe, nimm es nicht so schwer. Du hast nur in zu vielen Gespensterromanen geschmökert. Es ist eine Ehre für mich in deinem Gästehaus zu übernachten. Mach dir keine Sorgen. An mir hat Whiteman kein Interesse."

Er jonglierte in einer Hand den Schlüsselbund und trabte zu den Etagenaufgängen.

Und er bemerkte nicht mehr, wie sich in seinem Rücken Porky Slims Mienenspiel veränderte. Es wurde grausam und hinterhältig. Er holte den Telefonapparat aus der Schublade und drehte die Wählscheibe. Mit der hohlen Hand schirmte er die Sprechmuschel ab und raunte: „Mr. Whiteman? Soeben ist der Schnüffler eingetroffen. Ich habe alle Ihre Anordnungen befolgt. Er wohnt in Nummer 33."

***

Indessen sperrte Steven B. Welden das Appartement Nr. 33 auf.

Ein ekelerregender Gestank wallte ihm entgegen und er wich einen Schritt zurück. Eine Wolke kaum definierbarer Gerüche. Es müffelte nach abgestandenen Blut, Sperma, kalten Körperschweiß, Rauschgift und Leichenverwesung.

Ihm wurde brechübel und im ersten Impuls wollte er flüchten. Doch dann fiel ihm ein, dass in diesem Quartier Informationen über Jecks Verbleib hinterlegt waren. Er presste sich ein Taschentuch an die Nase und stolperte durch den Raum zum Fenster und öffnete es sperrangelweit.

Tief atmete er die regenfrische Luft ein.

Das Hotel war wirklich eine Unterkunft der übelsten Art.

Ein windschiefer Kleiderschrank, ein wackliger Tisch und ein Stuhl, ein schmales Eisenbett mit fleckigen Überzügen. An der Wand ein Emailwaschbecken, ein verkalkter Wasserhahn, der immer tropfte, darüber ein halbblinder Spiegel. Eine winzige Toilette mit einer verdreckten Kloschüssel, keine Dusche.

Der Wind trieb den Regen durch das offene Fenster und auf dem welligen Stragullaboden bildeten sich die ersten Wasserlachen. Welden brannte er sich eine Zigarette an und trat an den Tisch. Dort standen eine angebrochene Whiskyflasche, ein schmieriges Wasserglas und ein rußiger Aschenbecher.

Darin lag ein silberner Herrenring.

Prüfend rollte Welden das Schmuckstück über seinen Handballen.

Das war zweifelsohne Jecks Ring. Zwar hatte er keinen hohen materiellen Wert, aber er war ein Andenken von Jecks erster Jugendliebe und niemals würde er ihn freiwillig ablegen.

War das der Beweis, von dem Whiteman sprach, dass Jeck gekidnappt wurde?

Mechanisch streifte Welden den Ring über den kleinen Finger. Einmal erwähnte Jeck, das gute Stück hätte eine Besonderheit. Aber Welden erinnerte sich nicht mehr, was er damit meinte.

Zerstreut putzte er das Glas sauber und goss sich einen Whisky ein. Er setzte sich auf das quietschende Bett, nippte am schalen Getränk und rauchte die Zigarette. Auf dem Kästchen neben ihm das Telefon, das er nicht aus den Augen ließ. Und so wartete er.

Langsam kroch die kühle Abenddämmerung in das Zimmer. Der Regen hatte aufgehört, doch Welden schloss die Fensterflügel nicht. Er hockte weiterhin am selben Platz. Im Halbdunkel glimmte die Zigarettenglut in seiner Hand.

Er rauchte die vierte Kippe, als das Läuten des Telefons die Stille zerstörte. Er zwang sich, den Apparat dreimal anklingen zu lassen, bevor er abhob.

Es meldete sich die gleiche Männerstimme, die ihn schon in Miami Beach angerufen hatte: „Ich nehme an, Sie haben den Ring Ihres Freundes gefunden, Mr. Welden. Besorgen Sie sich also das Lösegeld. Die Uhr läuft gegen Sie. Es verbleiben Ihnen nur noch 44 Stunden."

„Ich kann so viel Geld unmöglich auftreiben!" bellte Welden.

„Übermorgen Mitternacht endet die Frist. Beschaffen Sie sich bis dahin die 150 000 Dollar oder ich verfüttere Ihren Freund an die Haie."

„He, Mann, sind Sie taub? Ich sagte, ich habe nicht so viel Zaster. Ich kann vielleicht zehn -, allerhöchstens Zwanzigtausend zusammenkratzen."

„Sie sollten nicht so respektlos mit mir reden", konterte der unbekannte Gesprächspartner. „Ich wies Sie bereits in Miami Beach darauf hin, die Geldbeschaffung ist allein Ihr Problem. Aber ich will Ihnen mein Entgegenkommen zeigen. Ich habe eine Alternative für die Lösung Ihrer Schwierigkeiten."

„Was meinen Sie?"

„Sie erarbeiten sich die Kohle!"

„Ich verstehe kein Wort?"

„An der Rezeption liegt eine Nachricht für Sie. Lesen Sie und Sie werden verstehen. Und denken Sie immer daran. Sie bestimmen, ob Jeck Born sterben muss oder nicht."

Das Freizeichen tutete und Welden legte auf. Er ging zum Foyer hinunter. Erneut begegnete ihm kein Hotelgast. Wahrscheinlich war er der einzige Kunde in dieser Absteige.

Porky Slim langweilte sich hinter der Anmeldung und guckte ihm erwartungsvoll entgegen.

Mürrisch fragte Welden: „Hast du Post für mich?"

28

„Ja, ein Junge gab vor wenigen Minuten das hier ab."

Der Fettwanst überreichte ihm einen beigen Umschlag.

Wortlos schob Welden das Kuvert ein und begab sich wieder auf seine Kammer.

Der Brief war nicht zugeklebt. Beim Herausnehmen des Inhalts flatterte ein Bild auf den Teppich. Welden hob es auf.

Er schaltete das Licht ein und studierte das Foto. Der abgelichtete Mann war ihm fremd. Er wendete die Aufnahme. **Neil Lincoln** las er. Auch der Name sagte ihm nichts. Er faltete den Brief auseinander.

Mr. Steven B. Welden!

Sie können wählen. Entweder Sie zahlen 150 000 Dollar für die Freilassung Jeck Borns oder Sie töten den Mann auf dem Bild. Er heißt Neil Lincoln und besitzt eine Immobilienfirma. Die Adresse finden Sie im Telefonbuch. Sie entscheiden. Das Leben Ihres Freundes für den Tod Neil Lincolns.

Mit freundlichen Grüßen

Whiteman

Wütend zerknüllte Welden das Schreiben, warf sich auf das Bett und starrte gegen den vergilbten Plafond.

Was für eine vertrackte Situation. Das durfte nicht wahr sein. Er sollte einen Mann killen, um seinen Freund Jeck zu retten? Aus welchem krankhaften Gehirn stammte dieser teuflische Plan?

Er musste Jeck finden. Aber wo sollte er mit der Suche beginnen? Er hatte nicht den geringsten Anhaltspunkt.

Doch in dieser verwahrlosten Herberge wohnte er keine Minute länger. Er kramte den Schulterhalfter mit dem 38er Colt aus der Leinentasche und band ihn um. Das Klappmesser mit dem Perlmuttgriff ließ er im Gepäck. Er schlüpfte in das noch feuchte Jackett, nahm die Tasche und ging nach unten.

Scheinheilig fragte ihn Porky Slim: „Schlechte Nachrichten, Mr. Welden? Sie müssen uns doch nicht verlassen? Das täte mir leid. Ihr Zimmer ist für eine Woche im Voraus bezahlt."

Welden wedelte mit einem 20 Dollarschein: „Erzähle mir was über Whiteman!"

Gierig funkelte Porkys kleine Schweinsaugen: „Ich weiß nicht mehr über ihn als andere."

„Bei meiner Ankunft behauptest du, auf Zimmer 33 sind zwei Menschen gestorben und Whiteman wäre indirekt daran schuld?"

„Das ist nicht sicher. Das ist ein Gerücht. Wegen dem Drohzettel an der Tür."

„Wie sagtest du, hieß das Mädchen, das mit einer Überdosis starb?"

„Luzilla Lincoln", sagte der Dickwanst und fingerte nach der Geldnote.

Verblüfft fragte Welden: „Luzilla Lincoln?"

„Ja genau, die Tochter des Millionärs Neil Lincoln. Ein dubioser Immobilienmakler. Der Mann schwimmt im Geld."

„Und wer war der Junge, der wenig später im gleichen Raum starb?"

„Jeffrey Hunter, der Freund des Mädchens. Er wollte unbedingt in dem Bett schlafen, in dem seine Freundin den letzten Atemzug machte. Die Cops meinten, er tötete sich aus Gram über ihren Tod."

„Ja, ich weiß. Du glaubst nicht an diese Selbstmordtheorie. Warum eigentlich nicht?"

„Whiteman hat den Burschen umbringen lassen!"

„Wieso?"

„Man munkelte, Jeffrey ist ein Drogenkurier gewesen und zweigte sich ein paar Gramm für den Eigenbedarf ab. Warenwert so um die 50 Dollar."

„50 Dollar? Wegen dieses läppischen Betrages wurde er gekillt?"

„Es sterben Menschen wegen weniger Moneten", sagte Porky Slim lapidar.

„Wie komme ich an Whiteman heran?"

Gekünstelt lachte Porky: „Mann, Sie stellen vielleicht Fragen. Es ist unmöglich an Whiteman heranzukommen. Es sei denn, er ruft nach Ihnen."

„Wo wohnt oder lebt dieser ominöse Whiteman?"

„Für 20 Mäuse wollen Sie aber eine Menge wissen. Da empfehle ich Ihnen lieber einen Mann, der Ihnen mehr als jeder andere über Whiteman sagen kann. Allerdings können Sie den nicht so billig abspeisen."

„Ich bezahle auch mehr, wenn es sich lohnt. Wie heißt der Mann und wo treffe ich ihn?"

Schmal wie eine Rasierklinge verengten sich Porkys Augen, als er bereitwillig sagte: „Gehen Sie in den Blue Angel Club und fragen Sie nach Snake. Er wird Ihnen möglicherweise weiterhelfen."

„Wo ist der Club?" Mit dem Daumen deutete Porky Slim über die Achsel: „Nur drei Häuserblocks weiter. Zwei Minuten zu Fuß."

Welden nickte: „Okay, mein Dickerchen, ich bleibe noch eine Nacht. Du kannst mein Gepäck wieder hoch tragen."

Unmittelbar nach Weldens Fortgang, hängte sich Porky Slim erneut an die Strippe: „Mr. Whiteman, es läuft alles planmäßig. Welden ist auf dem Weg zum Blue Angel Club..."

***

Die Nacht war schwarz, sternenlos und regenfeucht. Die wenigen Straßenlaternen warfen ein trübes Licht auf den nassen Asphalt und die dreckigen Pfützen spiegelten sich wie Schmierseife.

Eine Handvoll Nutten teilten sich die Straße auf und promenierten den Bordstein rauf und runter. Autofahrer bremsten und verhandelten den Preis für schnellen Sex.

Am Häusereck spielte ein blinder Kriegsveteran, Blowin In The Wind, und begleitete sich mit einer Gitarre.

Steven B. Welden beschleunigte seine Schritte.

„He, Piratengesicht, hast du Zeit? Für zwanzig Scheine werden deine Träume wahr", lockte ihn ein grell geschminktes Mädchen. Hautenger Minirock, transparente Bluse mit nichts darunter, violette Perücke.

Freundlich lehnte Welden ab und ging weiter.

„Schwuchtel!" rief sie ihm hinterher.

Der Blue Angel Club befand sich in einem Kellergeschoß.

Gedämpftes Rotlicht, Zigarettenqualm, Alkoholdunst, zwielichtes Publikum, schmalzige Musik aus der Judbox. Um diese Zeit war die Kneipe nur halbvoll.

Welden schwang sich an der Bar auf einen leeren Hocker und zündete sich einen Glimmstengel an.

Das schwarzhaarige Animiermädchen, pralle Brüste im giftgrünen Shirt, erkundigte sich kaugummikauend nach seinem Wunsch.

Er verlangte einen Bourbon.

Sie zwinkerte ihm mit einem lila gepuderten Augenlid zu und fragte honigsüß, während sie ihm ein Glas einschenkte: „Suchst du Anschluss, Stranger?"

„Ich suche einen Freund", sagte er und ließ die Blicke durch den halbdunklen Raum schweifen. „Er heißt Snake!"

Ihre Freundlichkeit war wie weggeblasen. „Snake ist nicht hier."

„Kommt er heute noch?"

„Keine Ahnung. Entschuldige, ich muss arbeiten."

Sie bediente einen Gast am anderen Thekenende.

Achselzuckend bezahlte er den Trink und ging mit dem Whisky zu einem freien Tisch in der Nähe des improvisierten Bühnenaufbaus.

Eine abgetakelte Brünette tanzte einen ordinären Striptease, der nur ein gleichgültiges Gähnen bei den Gästen hervorrief.

Vorsichtig probierte Welden den Whisky. Der schmeckte wie Rasierwasser und trieb die Tränen in die Augen.

Die Zeit verstrich und der Nachtclub füllte sich allmählich. Ein gemischtes Publikum mit leichtbekleideten Nutten, ihre Zuhälter, erlebnishungrige Touristen und allerlei lichtscheues Gesindel.

Mitternacht war lange schon vorüber und es tat sich nichts Aufregendes. Welden überlegte, ob er nicht gehen sollte.

Er trank abgestandenes Sodawasser statt des Rachenputzerwhiskys. Zwischendurch belästigten ihn immer wieder willige Mädchen mit eindeutigen Offerten und beharrlich wimmelte er sie ab.

Die Tänzerinnen wechselten, aber die Show wurde nicht besser.

Er brütete so vor sich hin, als ihn direkt jemand ansprach: „He, Amigo, du suchst mich?"

Überrascht hob Welden den Blick.

Vor dem Tisch stand ein hünenhafter Dunkelhäutiger mit faltigem Gesicht, verspiegelter Sonnenbrille, wulstigen Lippen, breitgeschlagener Nase und dichtem Kraushaar. Er trug einen roten Samtanzug, grüne Krawatte, gelben Hut und weiße Gamaschenschuhe. Er war über zwei Meter groß und breit wie ein Scheunentor.

Zögernd fragte Welden: „Bist du Snake?"

Affektiert schleuderte die busenlose Stripperin ihr letztes intimes Wäschestück in das teilnahmslose Publikum und die Judbox spielte dazu Al Martino.

„Ich bin Snake und wer bist du Zwerg?" grollte der Schwarze.

Vorsichtshalber rückte Welden mit dem Stuhl zurück. „Ich bin Privatdetektiv und ich suche einen gewissen Whiteman..."

Er konnte den Satz nicht mehr vollenden.

Snake explodierte wie ein Pulverfaß. Überfallartig räumte er den Tisch beiseite. Gläser und Aschenbecher zerschellten am Boden.

Ehe Welden sich versah, hievte ihn Snake aus dem Sitz und torpedierte ihn über die Bretter auf den Nebentisch.

Gerade noch rechtzeitig konnten die Gäste aufspringen und ihre Getränke festhalten, bevor Welden den Tisch unter sich begrub.

Benebelt wühlte er sich aus den Trümmern.

Doch dann war Snake bereits bei ihm und legte ihm die pfannengroße Hand um den Hals. Ihre Gesichter berührten sich fast. Derber Knoblauchgeruch dampfte aus Snake offenem Mund und die nikotingelben Zähne blinkten matt. „Ich weiß warum du hier bist, Welden. Whiteman hat dich beauftragt mich umzubringen, weil ich ihm ein paar Mäuse schulde. Du bist ein niederträchtiger Geldeintreiber!"

Wehrlos zappelte Welden unter dem unbarmherzigen Griff. Die Luft blieb aus und das Herz begann zu flimmern. Er hörte Snakes Stimme an seinem Ohr: „Sage Whiteman, ich begleiche meine Schuld bei ihm. Aber ich verlange Zahlungsaufschub. Drei Tage nur, Mann. Ich plane einen riesigen Deal. Hast du kapiert, du Blutsauger? In drei Tagen habe ich die Kohle. Willst du das Whiteman ausrichten?"

„Du verwechselst mich, Mann. Ich will kein Geld von dir ", krächzte Welden. „Ich will nur mit dir reden."

Unkontrolliert schlug Welden nach der Sonnenbrille. Doch Snake drehte nur lässig den Kopf und der Schlag fegte ins Leere.

Nun versuchte Welden das Knie in die Weichteile des Negers zu stoßen. Auch das gelang nicht. Er traf nur dessen Oberschenkel.

Snake verstärkte den Würgedruck.

Halb betäubt schmetterte Welden die Stirn gegen die des Gegners. Und er glaubte an eine Betonwand zu stoßen. Die dünne Haut über der Nasenwurzel platzte wie eine reife Tomate und Blut verklebte seine Augen.

Auch Snake blutete und die Sonnenbrille flog irgendwohin. Sein mächtiger Leib wuchtete sich auf Welden und brachte diesen erneut zu Fall.

Der war mehr als erstaunt über die Auswirkung des Kopfstoßes, denn der Hüne über ihm rührte sich seltsamerweise nicht mehr. Mühsam befreite sich Welden von dem Schwergewicht.

Al Martino war verstummt und die nackte Dürre floh von der Bühne.

Finstere Gestalten bildeten im schwülheißen Rotlicht einen schweigenden Halbkreis um Welden und den bewegungslosen Snake.

Irgendwer zerhackte die beklemmende Stille und sagte scharf: „Da seht, in Snakes Rücken steckt ein Messer. He, Mann, der Scheißkerl hat ihn abgestochen."

Sitzend rang Welden nach Sauerstoff. Jeder Atemzug brannte in der Kehle. Die Ohren rauschten und das Herz raste.

Verständnislos starrte er auf Snake, der bäuchlings neben ihm lag. Unterhalb des Schulterblattes ragte ein Messergriff hervor. Ein immer größer werdender Blutfleck färbte das Sakko ein.

Eine andere Stimme meldete sich aus dem Zuschauerpulk: „Dieser Fucker hat Snake einfach abgeschlachtet. Er hat ihm die Klinge von hinten ins Herz gerammt. Das...das können wir nicht ungestraft lassen..."

„Das ist ein Irrtum, Jungs. Ich habe Snake nicht getötet", verteidigte sich Welden. „Wie sollte ich das machen? Ich habe gar kein Messer. Außerdem stand ich vor ihm und nicht hinter ihm. Wie kann ich ihm da das Stilett in den Rücken stechen. Überlegt doch mal."

Bedrohlich kesselte ihn die meuternde Menge ein. Er rutschte auf den Hosenboden vor ihr weg, bis er gegen ein hartes Hindernis stieß. Das Bühnenpodest versperrte ihm die weitere Flucht.

Jemand rief keifend: „Wir müssen ihn genauso schlachten wie er Snake geschlachtet hat."

Aus dem anonymen Dunstschleier löste sich ein dunkler Körper. Lautlos wie ein Gespenst, gleich groß und breit wie Snake und ein blitzendes Stilett in der Pranke.

Gehetzt suchte Welden nach einem Ausweg. Doch er konnte nicht mehr weiter zurückweichen. Er steckte fest.

Breitbeinig baute sich ein riesenhafter Neger über ihn auf. Machtvoll und unüberwindbar.

„Mach schon, Snoppy, schlitze ihn auf und schneide ihm das Herz aus der Brust", stichelte ein geiergesichtiges Mädchen.

Der Dunkelhäutige fletschte die großen, vergilbten Zähne: „Du hättest Snake nicht töten müssen, weißer Bruder. In drei Tagen hätte Whiteman seine Knete bekommen. Nur lumpige drei Tage. Und dafür stichst du ihn ab?"

„Verflucht, du Narr, ich habe deinen Kumpel nicht getötet!" keifte Welden.

„Fahr zur Hölle!" Der bullige Kahlköpfige holte zum todbringenden Stich aus.

In höchster Not zerrte Welden den Revolver hervor und feuerte automatisch die Trommel leer.

Die Kugeln durchsiebten Snoppys Oberkörper und trieben ihn in den Zuschauerkreis hinein.

Umständlich kam Welden auf die Beine und taumelte mit rauchender Waffe auf die gaffenden und entgeisterten Gäste zu. Er hoffte, niemand registrierte, dass er alle Munition verschossen hatte.

Nur widerwillig spaltete sich der Menschenring und machte ihm eine Gasse frei.

Rückwärtsgehend, Schritt für Schritt, näherte er sich dem Ausgang und war heilfroh relativ unbeschadet aus der Höhle des Löwen zu entkommen.

Welden begann auf der menschenleeren Straße zu laufen, immer schneller werdend. Erst als er völlig außer Puste das Belvedere erreichte, beendete er den Sprint. Sein Puls normalisierte sich. Er hielt immer noch den Colt in der Hand und steckte ihn weg. Dann rauchte er eine Zigarette und die Finger zitterten leicht.

Porky Slim war nicht an seinem Platz und Welden holte sich den Zimmerschlüssel selbst vom Brett.

Er suchte das Apartment auf und tastete nach dem Lichtschalter.

Doch die Helligkeit blieb aus.

Als auch das Etagenlicht erlosch, stand er wie blind auf der Türschwelle. Instinktiv griff er nach dem Colt. Obwohl er nicht geladen war, besänftigte er die gereizten Nerven.

Vorsichtig tapste er in den dunklen Raum. Er rempelte gegen einen Stuhl, der polternd umstürzte.

„Verdammt", schimpfte er lauthals, weil er sich erschreckte und stellte den Stuhl wieder auf.

Unerwartet sprach ihn jemand aus dem Hintergrund an und sein Herzrhythmus flackerte.

„Guten Abend, Mr. Welden!"

Er wirbelte herum, die Blicke durchkreuzten die unergründliche Dunkelheit und der Finger betätigte den Revolverabzug.

„Klick!" tönte es metallen. Und noch einmal: „Klick!"

Der Unsichtbare höhnte: „Oh, wie bedauerlich. Sie haben vergessen nachzuladen, Mr. Welden. Das sollte einen smarten Burschen wie Ihnen nicht passieren. Aber Sie müssen sich nicht ängstigen. Noch töte ich Sie nicht."

Einen Wimpernschlag lang schwieg die Stimme. Dann sagte sie höflich: „Ich vergaß mich vorzustellen. Ich bin Whiteman!"

***

Die unbekannten Entführer verbanden Jeck Born die Augen und transportierten ihn zu einem fremden Ort. Dabei wurde kein Wort gesprochen.

Irgendwann war die Reise beendet und die Kidnapper schleppten Born in einen eiskalten Raum und ließen ihn allein.

Er zurrte das Stofftuch aus dem Gesicht und blinzelte ungläubig. Die matte Wandlampe leuchtete sein Gefängnis nur notdürftig aus. Das was er sah, gefiel ihm ganz und gar nicht. Er glaubte sich ins Mittelalter zurückversetzt. Da stand eine antike Streckbank, daneben ein stählernes Gestell, das einem elektrischen Stuhl ähnelte und an der Rückmauer war mit roten Backsteinen eine offene Herdstelle errichtet. Anscheinend diente sie dazu, die eisernen Marterwerkzeuge zu erhitzen.

Wo, zum Teufel, war er hier gelandet? Das war ja eine richtige Folterkammer. Es fehlte nur noch der Kerkermeister mit der Kapuze.

Zwei Männer kehrten in das Kellerverlies zurück. Einer von ihnen war Sukutscho. Wortlos hoben er und sein Kumpel den wehrlosen Jeck Born in das Gestühl und er konnte nichts dagegen tun. Die Handgelenke wurden an die Armlehne geschnallt und die Beine an die Stuhlfüße. Dann fetzte ihm Sukutscho das Hemd auf und band ihm einen breiten Metallstreifen um den Brustkorb. Ein angelötetes Elektrokabel führte zu einem quadratischen Blechkasten. Der herausragende Hebel gehörte zum Regulieren der Stromstärke.

„He, Jungs, was habt ihr vor?" fragte Born ahnungsvoll.

Gefühllos erwiderte Sukutscho: „Es liegt nur an dir, ob es schmerzhaft wird. Du musst uns nur ein paar Fragen beantworten. Bist du kooperativ, wird es glimpflich für dich."

Borns Eingeweide schnürten sich zusammen.

Der andere Mann, knochig und ungepflegt, strähniges Langhaar, hässliche Hasenscharte, richtete den Strahl der Taschenlampe voll in Borns Antlitz und fispelte: „Jetzt bekommst du es mit der Angst zu tun, du lausiger Möchtegerndetektiv." Gelbe Spucke seiferte über seine gespaltene Unterlippe.

„Arschloch!" sagte Jeck Born angeekelt.

Was dann folgte war die Hölle.

Die Stromstärke steigerte sich vom leichten Hautprickeln über unangenehmes Brennen bis zur Verbrennung.

Wie Giftpfeile surrten die Fragen auf ihn ein. Gefiel den Männern die Antwort nicht, erhöhten sie die Stromfrequenzen, die als Blitze in seinen Körper zuckten.

Er musste sich anstrengen um ihre Stimmen zu verstehen.

Wie heißt dein Auftraggeber?

Wieviel weißt du über Whiteman?

Wie und wann wolltest du ihn liquidieren?

Wie hoch ist dein Mordhonorar?

Weißt du auch, dass dein bester Freund Steven B. Welden für Whiteman arbeitet und dich für 150 000 Dollar töten will? Er ist auf deiner Spur. Er wird dich bald finden.

Ungebärdig bäumte sich Jeck Born auf. Er schrie den Schmerz und den Zorn hinaus. Wütete und tobte. Wie ein Berserker werkelte er an den Lederschlaufen, die ihn unbarmherzig festhielten.

Die Folterer schlugen ihm das Gesicht blutig. Aber davon spürte er kaum etwas. Viel qualvoller waren die unregelmäßigen elektrischen Wellenstöße, die über das Metallband in seinen Körper geleitet wurden. Die stachen wie glühende Messerspitzen in das Fleisch und versengten die Haut.

Endlich war es vorüber.

Ohnmächtig, von den Stromstößen ausgebrannt, blutig geschunden, sackte Jeck Born im Marterstuhl in sich zusammen. Penetrant stank es nach angeschmortem Fleisch.

Die Taschenlampe erlosch.

„Jeck Born ist ein zäher Hund", zollte Sukutscho Respekt. „Alle Achtung. Er hat sich wacker geschlagen."

Empfindungslos sagte der Missgestaltete: „Soll ich ihm die Kehle durchschneiden?"

„Bist du verrückt? Whiteman killt uns. Wir sollten Born nur ein wenig kitzeln. Nun befreie ihn von den Fesseln. Wir haben unsere Arbeit getan."

Sukutscho knipste die Wandlampe aus. Dann klapperten harte Stiefelabsätze auf groben Steinfliesen. Beim Verlassen des Kellers erhellte die einfallende Flurbeleuchtung sekundenlang den bizarren Ort. Dann wurde der Lichtkegel durch den schließenden Verschlag abgeschnitten und schützende Dunkelheit ummantelte den Gefolterten.

Und Jeck Born konnte auch die laufende Infrarotnachtkamera nicht sehen, welche an der Raumdecke angebracht war und alle Folterszenen aufgezeichnet hatte.

***

Polarkälte kroch in das Apartment.

„Was wollen Sie, Whiteman?", fragte Welden und bewegte sich nicht.

„Ich will mich nur ein wenig mit Ihnen unterhalten", sagte der Mann im Hintergrund und es hörte sich an, als amüsierte er sich.

Der Bereich war jetzt nicht mehr so dunkel. Die Augen passten sich an. Silhouetten, graue Wände, offenes Fenster.

Doch den nächtlichen Besucher konnte Welden nicht ausmachen.

„Nicht umdrehen, Mr. Welden. Bleiben Sie so stehen."

„Gut", nickte Welden. „Unterhalten wir uns also!"

Whitman lachte mokant. Er stand unmittelbar hinter Welden. „Haben Sie über mein Angebot nachgedacht, Mr. Welden?"

„Sie reden von 150 000 Dollar oder Lincoln ermorden?"

„Richtig! Oder ist das Ihr Freund nicht wert?"

„Ich kann kein Leben für ein anderes eintauschen!"

„Sie haben keine andere Wahl, wenn Sie Jeck Born lebendig wiedersehen wollen. Das ist Ihnen doch bewusst, oder?"

Bedrückt schwieg Welden.

„Dabei ist es ganz simpel für mich zu töten. Sie haben es doch schon getan. In dem Sie zwei Individuen liquidierten, die auf meiner Abschussliste standen."

„Ich verstehe kein Wort", erwiderte Welden.

„Muss ich Sie wirklich erinnern? Vor wenigen Minuten töteten Sie in der Blue Angel Bar zwei Männer. Schon vergessen?"

„Verdammt, was haben Sie damit zu tun?"

Whiteman redete mit ihm wie mit einem Kleinkind, dem man eine logische Aufgabe begreiflich machen will: „Sie haben Snake und Snoppy umgelegt. Beide waren bei mir hoch verschuldet und zahlten ihren Kredit nicht zurück. Das konnte ich nicht hinnehmen ohne mein Gesicht zu verlieren. Ich musste ein Exempel statuieren. Sonst glauben andere auch, sie müssten bei Whiteman ihre Schulden nicht mehr begleichen. Ich ließ Snake wissen, dass ich einen Profikiller namens Welden auf ihn angesetzt habe. Und Sie schickte ich durch Porky Slims Hinweis in den Nachtclub. Mein Plan ist aufgegangen. Sie töteten diese beiden Betrüger für mich. Dafür danke ich Ihnen."

„So ein Schwachsinn! Ich habe diesen Snake nicht umgebracht. Irgendjemand von den Gästen hat ihn erstochen. Und diesen Snoppy tötete ich in Notwehr."

„Ich weiß das", lächelte Whiteman verständig. „Aber es war Ihre Klinge, die in Snakes Rücken steckte. Und die Kugeln, die Snoppy fällten, stammten aus Ihrer Kanone. Für die Bullen ist das ein gefundenes Fressen. Es gibt genügend Augenzeugen, die Ihre Morde beeiden."

„Was für ein intrigantes Spiel treiben Sie?"

Erregt haute Welden den patronenlosen 38er auf die Tischplatte, nahm die Reisetasche und schüttete den gesamten Inhalt aus. Fieberhaft suchte er im Zwielicht nach seinem perlmuttbeschlagenen Klappmesser. Er fand es nicht. Jemand hatte ihm die Waffe geklaut. Wahrscheinlich Porky Slim. Den diesen hatte er ja das Gebäckstück ausgehändigt, um es von ihm auf sein Zimmer bringen zu lassen. War Porky Slim auch Snakes Mörder? Dann war er clever. Welden hatte ihn im Club nicht bemerkt.

Die Stimme Whitemans kam jetzt von der anderen Seite her: „Sie bringen mir bis übermorgen Mitternacht die 150 000 Dollar oder Lincolns abgeschnittenes Ohr. Ansonsten können Sie Ihren Freund mit in Zement eingegossenen Füßen aus dem East River fischen."

„Wie geht es Jeck? Ich will mit ihm sprechen", forderte Welden nachdrücklich und drehte den Kopf nach rechts. „Ich will einen Beweis, ob er noch am Leben ist."

Keine Antwort mehr.

Whiteman hatte den Raum verlassen.

Die Glastür zum Balkon stand halb offen und der frostige Wind blähte die Gardinen auf.

Welden betrat den kleinen Vorbau und schaute über die Brüstung nach unten. Es war so gut wie nichts zu erkennen. Dort unten lag nur der Hinterhof des Motels. Drei Stockwerke abwärts. Das schaffte nicht einmal Whiteman.

Er blickte zur Seite. Der Balkon des anliegenden Apartments war direkt angebaut und die Brüstung lediglich brusthoch. Selbst für einen unsportlichen Mann keine allzuschwierige Hürde um hinüber zu klettern. Nur eine Sekunde dauerte die Überlegung Whiteman zu verfolgen. Doch der war mit Sicherheit schon über alle Berge.

Sorgenvoll ging Welden wieder in sein Gemach zurück.

Trotz des Halbdunkels erkannte er sofort. Sein Revolver war vom Tisch verschwunden.

Whiteman musste ihn mitgenommen haben.

Zug um Zug geriet Welden in einen kreisenden Wasserstrudel, der ihn unwiderstehlich in tödliche Tiefen zog.

Die Cops werden die beiden Leichen und die Tatwaffen finden. Die Identifizierung seiner Fingerabdrücke war nur eine Zeitfrage.

Unaufhaltsam verstrickte er sich in dem Netz, das Whiteman über ihn ausgeworfen hatte.

Am Waschbecken wusch er sich das eingetrocknete Blut aus dem Gesicht. Danach verpflasterte er die Platzwunde an der Stirn. Er nippte am Whisky, rauchte noch eine Zigarette und lümmelte sich angekleidet auf das Bett und stierte an die Raumdecke.

Das fahle Mondlicht projektierte bizarre Schattenspiele an den Wänden. Fremde, huschende Schemen, die wie flinke Geister über ihn hinweg tanzten und ihn ängstigten.

Erschöpfung machte die Gedanken bleiern und irgendwann schlief Welden ein.

***

Der traumlose Schlaf glich einer tiefen Betäubung. Er hörte ein fernes Klopfen und wachte benommen auf.

Verblüfft registrierte er das helle Tageslicht, das durch das geöffnete Fenster in das Zimmer flutete. Er wusste nicht wie lange er geschlafen hatte. Doch er fühlte sich wie gerädert.

Wieder das Pochen. Diesmal ungeduldiger.

„Hereinspaziert, wer immer du auch bist", sagte er mit belegter Zunge. „Die Tür ist nicht abgesperrt."

Er richtete sich auf, kämmte mit gespreizten Fingern sein wirres Haar. Er blickte an sich herunter. Wahrscheinlich war sein Piratengesicht genauso zerknautscht wie der Anzug, in dem er genächtigt hatte. Er schmeckte den schlechten Geschmack im Mund. Das Rückenkreuz tat weh und ihm gierte nach einer Zigarette.

Zwei Männer schneiten in den Raum und Welden glaubte Bescheid zu wissen.

Dezente Straßenanzüge, braune Hüte, die sie nicht abnahmen, unpersönliche Augen, aalglatte Gesichter. Elitecops.

Einer stellte seinen Aktenkoffer auf den Tisch.

Der Andere blickte den Detektiv an.

Der hockte am Bettrand und wirkte scheinbar desinteressiert. Die Mimik blieb ausdrucksarm.

Arrogant fragte der Polizist: „Sind Sie Steven B. Welden?"

Stumm nickte Welden nur.

Die Männer verzeichneten jedes Detail. Die zerstreuten Utensilien auf dem verdreckten Linoleum, die umgestülpte Reisetasche, den Schmutz und den Gestank.

„Was für ein mieses Loch", sagte Größere verächtlich.

Welden grapschte nach der zerknüllten Zigarettenschachtel auf dem Nachtkästchen. Er klemmte den letzten, abgeknickten Stummel zwischen die spröden Lippen.

„Sie sind also Steven B. Welden!" bestätigte der Cop die eigene Frage, ließ sein Benzinfeuerzeug aufflammen und hielt es Welden hin.

Der machte einen tiefen Zug. Die Lunge und der Magen rebellierten. Ein fürchterlicher Husten schüttelte ihn. Der Schleim würgte hoch. Welden stolperte zum Waschbecken und drehte den Wasserhahn auf.

„Entschuldigt, Kumpels", krächzte er mit hochrotem Kopf, nachdem er getrunken und der Reizhusten geringer wurde. „Der Arzt hat mir das Rauchen verboten. Aber ich kann es nicht lassen."

„Ja, ja, das ist schwer", sagte der Cop gespielt mitfühlend. „Ich habe auch schon hundertmal versucht, mir die verdammte Qualmerei abzugewöhnen. Ich schaffe es einfach nicht."

Scharf raunzte sein Partner: „Sind Sie nun Welden oder nicht?"

„Natürlich bin ich das, Jungs!"

„Ich bin Sergeant Jeff Riser", sagte der Freundliche und zeigte Welden kurz die Dienstmarke. Er deutete auf seinen Kollegen, der gerade den Balkon auskundschaftete. „Der Miesmacher ist Kiefer Sutheroon. Wir sind von der Mordkommission. 16. Distrikt."

Hüstelnd blies Welden den Rauch durch die Nase. Sein Magen fühlte sich an wie eine Aschentonne. Er wünschte, er könnte duschen, rasieren und frische Klamotten anziehen. Dann ausgiebig frühstücken.

„Freut mich, Jungs", sagte er brummig. „Und was treibt euch in aller Herrgottsfrühe aus den Federn? Und ausgerechnet zu mir?"

Sutheroon, ungefähr genauso groß und schlank, wie sein Partner, schlenderte in das Zimmer zurück. „Nur eine harmlose Stippvisite. Wir wollen einige Ungereimtheiten aufklären und benötigen dabei Ihre Mithilfe."

„Tatsächlich?", staunte Welden und schnippte den Stumpen zum Fenster hinaus. „Wann immer den Cops helfen kann, helfe ich."

Gelassen sagte Jeff Riser: „Sie sind ein Privatdetektiv mit guten Namen. Bis gestern waren Sie stets gesetzeskonform. Doch scheint es nun, als hätte Sie etwas aus der Bahn geworfen. Was ist vorgefallen?"

„Ich kann Ihnen nicht folgen, Jeff?"

„Wo waren Sie gestern Abend zwischen 10 Uhr und 1 Uhr Nachts?"

„Oder noch besser", hakte Sutheroon ein. „Erzählen Sie uns den Ablauf Ihres gestrigen Tages."

Leicht musste Welden lächeln: „Das ist schnell berichtet. Gestern sonnte ich mich noch in Florida. Nachmittags charterte ich die Maschine nach New York und landete gegen 19 Uhr. Ein Taxifahrer kutschierte mich in dieses liebenswerte Hotel und ich mietete ein Quartier. Ich war die fragliche Zeit im Bett."

„Schlafen Sie immer in den Kleidern?"

„Ich war todmüde."

„Der Portier sagte aber, Sie wären ausgegangen?"

„Nur ein wenig die Beine vertreten. Ist das verboten?"

„Sie besuchten nicht den Blue Angel Club?" schnarrte Sutheroon.

„Eventuell habe ich mir dort ein Bier gekauft. Ich erinnere mich nicht mehr."

„Verständlich, ist auch schon lange her. Sieben Stunden, da kann man nichts mehr wissen."

Sutheroon öffnete den Aktenkoffer und legte zwei in Klarsichtfolien eingepackte Waffen auf den Tisch. Ein Messer mit Perlmuttgriff und einen 38er Smith & Wesson. „Kommen Ihnen diese Gegenstände bekannt vor, Mr. Welden?"

Welden näherte sich. „Ich weiß nicht genau. Sollte ich sie kennen?"

Riser blieb freundlich: „Ist das nicht Ihre Kanone und Ihr Schnitzmesser?"

„Meine Besitztümer? Unmöglich! Oder doch?" Demonstrativ klopfte Welden seine Jacke ab. Offenbarte ihnen das leere Schulterhalfter. „Das ist nicht zu glauben. Man hat mich im Schlaf bestohlen. Eine Unverschämtheit. Ich werde mich bei der Hoteldirektion beschweren."

Er wies auf die umgestülpte Reisetasche. „Ein Dieb kommt mitten in der Nacht und beraubt mich. Und ich habe nichts gehört und gesehen."

Fragend richtete er die Augen auf die beiden Cops: „Ihr habt den Ganoven geschnappt? Wo habt Ihr ihn mit meinen Sachen gefunden?"

Reiser behielt weiter die Freundlichkeit. Aber seine Stimme klang so, als sehe er Welden bereits auf den elektrischen Stuhl: „Heute früh, vier Uhr, trifft ein anonymer Anruf im Revier ein. Wir sollten den Hinterhof des Blue Angel Club kontrollieren. Die Kollegen von der Nachtschicht fuhren also dorthin und wurden schnell fündig. Der oder die Mörder gaben sich nicht viel Mühe die Leichen zu verstecken. Sie lagen im Abfalldreck der umgestürzten Mülltonnen. Die Toten waren bald identifiziert. Ted O' Weil und Rory Brave, besser bekannt als Snake und Snoppy. Kleingangster, keine großen Lichter. Ein wenig mit Drogen dealen, manchmal Falschgeld vertreiben, kleinere Wohnungseinbrüche, was halt so anfällt. Nun hatte sie jemand aus dem Verkehr gezogen. Das Messer steckte noch in Snakes Rücken und auch der Revolver, mit dem Snoppy erschossen wurde, entdeckten wir im stickigen Müll. Unsere Spezialisten brauchten nicht lange um die Fingerabdrücke auszuwerten. Die Überraschung war groß. Die Prints stammen von Ihnen, Mr. Welden!"

Die Schlinge um seinen Hals wurde enger. Er spürte das. Aber er ließ sich nichts anmerken. Ungerührt sagte er: „Was nun, Jeff? Glauben sie wirklich, ich kille zwei Männer, vergrabe sie hinter dem Haus, schlichte mein Mordwerkzeug daneben und haue mich wenige Meter vom

Tatort entfernt in einem Motel auf die Ohren? Halten Sie mich für so bescheuert?"

„Wir kennen Ihren Intelligenzquotienten nicht", sagte Riser. „Mancher Mörder denkt etwas abstrakt."

„Wieso wusstet ihr, dass ich hier übernachte? Auch ein anonymer Anrufer?"

Riser antwortete nicht.

Dafür mischte sich Sutheroon ein: „Nur simple Routinearbeit. Das Belvedere ist die einzige Pension in dieser Straße. Ein Blick in die Gästeliste und wir hatten Sie."

„Großartig!" sagte Welden süffisant. Er stocherte in der verkrumpelten Zigarettenschachtel, aber er fand keinen Glimmstengel mehr.

„Wir haben da noch ein Problem, Mr. Welden", sagte Riser.

„Tatsächlich?"

Riser bot ihm eine Zigarette an und reichte ihm Feuer. Ihre Augen trafen sich. „Wissen Sie, wo sich Ihr Partner Jeck Born gerade aufhält?"

„Jeck? Wo soll er sein?" fragte Welden dagegen. „Ich habe keine Ahnung. Es ist halb neun Uhr am Vormittag. Ich nehme an, er vergnügt sich eben mit einer Blondine, oder er duscht sich oder er frühstückt bereits."

Böse entgegnete Sutheroon: „Sie sollten uns keine Märchen erzählen. Wir sind nicht auf den Kopf gefallen."

„Das ist schwer zu glauben", sagte Welden ironisch und blies ihm den Rauch in Ringen ins Gesicht.

„Sie überhebliches Schwein!" Sutheroon verlor die Selbstkontrolle und wollte Welden an den Kragen.

Im letzten Moment hielt Riser seinen Kollegen am Ärmel zurück. „Lass ihn, Kiefer. Er ist es nicht wert."

Abrupt ging Sutheroon auf den Balkon um sich zu beruhigen.

„Warum fragt ihr nach Jeck? Hat er auch was verbrochen?" lenkte Welden ein. Er wollte die Situation nicht auf die Spitze treiben.

„Da gab es gestern nachmittag noch eine Leiche", gab sich Riser informativ. „In einem abbruchreifen Gebäude in der 154the Straße, vierter Stock, vorbestrafter Gauner, tot mit Herzschuss, neben ihm die Tatwaffe. Eine Springfield Pistole. Jetzt raten Sie mal, wem die gehört?"

Welden musste nicht raten: „Jeck Born?"

„Schlaues Bürschchen!" höhnte der herantretende Sutheroon.

Eindringlich wandte sich Welden an den scheinbar vernünftigeren Riser: „Jeff, merken Sie nicht, dass da jemand ein übles Spiel mit Jeck und mir treibt? Sie haben drei Gangsterleichen. Bei jeder wird die Mordwaffe mit den Fingerabdrücken gleich mitgeliefert. Das stinkt doch zum Himmel. Riechen Sie das nicht? Wir hinterlassen doch nicht jedesmal unsere Visitenkarte, wenn wir jemanden umlegen."

„Schluss mit dem Gefasel", knurrte Sutheroon, bleckte die Zähne wie eine Bulldogge. Er nestelte die Handschellen vom Hüftgürtel.

„Bin ich verhaftet?"

„Sie haben das Recht die Aussage zu verweigern. Alles was Sie ab jetzt sagen, kann gegen Sie verwendet werden."

Monoton leierte Sutheroon die Formel herunter: „Sie haben das Recht einen Anruf zu tätigen und Ihren Anwalt zu verständigen."

Die Cops waren ausgebuffte Profis. Doch diesmal fühlten sie sich zu sicher. Sie standen zu nah beieinander, verzichteten sogar darauf, die Waffen zu ziehen. Offensichtlich rechneten sie nicht mit Gegenwehr.

„Strecken Sie die Hände aus", befahl Sutheroon.

Ohne lange zu überlegen handelte Welden. Er schnappte sich den Aktenkoffer vom Tisch und schlug ihn auf die Köpfe der beiden Polizisten. Er setzte nach und wuchtete Sutheroon die Faust auf die Nase.

Die Handschellen flogen quer durch den Raum.

Riser fluchte untätig.

Hurtig servierte Welden ihm einen trockenen Kinnhaken.

Danach flüchtete er aus dem Appartement.

„Mensch, Kiefer", hörte er Riser schreien. „Knall den Bastard über den Haufen! Er entwischt uns. Nun mach schon, los, ihm hinterher!"

Welden sprintete zu den Etagentreppen, sprang über mehrere Stufen. Im Nacken die trampelnden Schritte der Verfolger. Er wartete auf Schüsse. Aber niemand feuerte. Ihm blieb keine Zeit um sich zu wundern. Er rannte drei Stockwerke abwärts und das Gepolter hinter ihm wurde schwächer.

Erneut keine Gäste im Foyer, auch von Porky Slim weit und breit keine Nasenspitze.

Atemlos durchquerte Welden die Eingangshalle, schwerschnaufend wie eine ausrangierte Dampflok.

Mann, er musste mal wieder was für seine Kondition tun. Er war ja total außer Form. Scheiß Zigaretten. Scheiß Alkohol.

Er hechelte auf die Straße.

Warme Vormittagssonne empfing ihn.

Hupende Autos, emsige Passanten, normale Betriebsamkeit.

Luftringend suchte er nach dem abgestellten Polizeiwagen. Die Anfahrtszone vor dem Motel war unbesetzt. Nirgendwo ein Streifenwagen. Nur Zivilautos. Zum Teufel, wo parkten die Bullen ihren Karren?

Gehetzt drehte sich Welden im Kreis. Wohin?

Hinter der milchigen Glasscheibe der Hotelpforte tauchten noch keine Verfolger auf. Doch Riser und Sutheroon konnten nicht weit sein. Der Vorsprung war nur minimal. Er versuchte sich zu erinnern, ob in der Nähe der Hollystreet eine U-Bahnstation war. Er lief zweihundert Meter den Gehsteig entlang und bog nach rechts in den Kissena Boulevard ein.

Und schon steckte er mittendrin im dichtesten Menschengetümmel. Großstadtberufsverkehr, Autos Stoßstange an Stoßstange, überforderte Verkehrspolizisten, gestresste Fußgänger, Gewühl und Geschiebe.

Weldens Rückzug ging in einen langsamen Trott über. Er ließ sich von der Menge treiben. Die Pulsschläge trommelten gegen die Schläfe. Im Magen und im Kopf kreiste alles durcheinander. Schwindel und Übelkeit überkam ihm und er musste stehenbleiben. Der Fünfminutenspurt hatte ihn endgültig geschafft. Er lehnte sich an die rissige Mauerfassade, beugte den Oberkörper vor, stützte die Arme auf die Knie und atmete tief ein und aus. Am liebsten hätte er sich auf das Pflaster gelegt und wäre nie wieder aufgestanden. So kaputt fühlte er sich.

Angewidert machten die Passanten einen weiten Bogen um ihn. Das menschliche Wrack erzeugte nur Abscheu. Niemand kümmerte sich um einen ausgepumpten, nach Sauerstoff kämpfenden Mann, der wie ein arbeitsscheuer Penner aussah, und wahrscheinlich total besoffen war. Geschrumpelter Anzug, faltiges, stoppelbärtiges Gesicht. Wachsbleiche Haut, kalter Schweiß, fette Haarsträhnen. Was für ein wertloses Individuum.

Allmählich erholte sich Welden. Die Willenskraft kehrte zurück. Er suchte eine Telefonzelle auf. Im Telefonbuch blätterte er nach Neil Lincolns Adresse: 83 East Tremont Avenue, Bronx.

***

Der schleimige Porky Slim grinste hinter dem Empfangsschalter den beiden Cops zu: „Das war eine tolle Show, Jungs. Ihr habt die Bullen so echt gespielt, echter geht es nicht. Welden sauste durch die Halle, als hockte der Teufel ihm im Genick. Wirklich, ihr wart phantastisch. Hier ist euer verdienter Lohn!"

Vor ihm standen Kiefer Sutheroon und Jeff Riser.

Er schob ihnen einen Umschlag über das Pult.

Achtlos steckte Sutheroon das Papier in die Sakkotasche.

Der Portier fragte: „Wollt ihr die Scheine nicht nachzählen?"

„Wozu?" erwiderte Sutheroon. „Wir vertrauen dir..."

„Bis zum Tod!" ergänzte Riser und zückte den Revolver. Er schoss nur einmal.

Lautlos, mit einem kleinen Loch in der Stirnmitte, kippte Porky Slim mit dem Stuhl nach hinten.

Die beiden Männer setzten ihre Sonnenbrillen auf und verließen gemessenen Schrittes das Hotel.

„Was wird er tun?"

„Wer?" fragte Riser.

„Steven B. Welden. Wer sonst?"

Gemächlich schlenderten sie auf der Hollystreet.

Riser brannte sich eine Zigarette an: „Ich denke, er ist auf dem Weg zu Lincoln."

Bestätigend nickte Sutheroon: „Du glaubst auch, Whitemans Plan geht auf? Welden wird Lincoln umlegen, um seinen Freund Jeck Born zu retten?"

„Bis jetzt läuft alles nach Wunsch", sagte Riser vorsichtig. „Aber Welden ist nicht zu unterschätzen. Er ist schlau und unberechenbar."

„Whitemans Regie ist perfekt. Welden wird Lincoln töten, weil ihm keine andere Wahl bleibt. Und am Ende sorgen wir dafür, dass er und Jeck Born sich gegenseitig zerfleischen."

Darauf sagte Riser nichts.

Sie stiegen in den gelben Ford Mustang, den sie am Parson Boulevard geparkt hatten.

***

Die tobenden Schmerzen weckten Jeck Born aus der Bewusstlosigkeit. Ihm war zumute, als hätte man ihn durch den Fleischwolf gedreht. Er bewegte die Hände und war überrascht, dass sie nicht mehr angekettet waren. Sorgsam betastete er sein Gesicht, fühlte Beulen und Wunden, geschwollene Lippen, eingetrocknetes Blut.

Im Keller war es bitterkalt. Er fror erbärmlich. Die Peiniger hatten ihm nur eine dünne Wolldecke um die Schulter geworfen. Wie Höllenfeuer brannte die versengte Haut über dem Brustkorb.

Totale Finsternis um ihn.

Es gelang ihm sich von den Fußfesseln befreien und er verharrte erschöpft im Folterstuhl. Wirre Gedanken. Er tat sich schwer sie zu ordnen. In was war er da hineingeraten? Irgendwer hatte es auf ihn abgesehen und trieb ihn genüßlich in den Tod. War er Whiteman in die Finger geraten?

Es begann mit Lincolns Auftrag, den Mörder seiner Tochter ausfindig zu machen. Aber bereits nach zwanzig Minuten tappte er in die Falle im Haus an der 154the Straße.

Sie rechneten nicht damit, dass er bewaffnet war. Ihr Auftrag lautete, ihm nur ein wenig Angst einzuflößen und ihn zu verprügeln. Obwohl er einen der Männer tötete, behinderten sie seine Flucht nicht allzusehr.

Dann die Überrumpelung im Fahrzeug. Und wieder töteten sie ihn nicht. Stattdessen brachten sie ihn in dieses Kellerverlies und folterten ihn. Sie stellten Fragen, deren Antworten sie besser wussten, als er selbst. Die Misshandlungen waren schlimm, aber er wird nicht daran sterben. Und was wollte ihm Sukutscho einreden? Boy wäre auf der Suche nach ihm, um ihn für 150 000 Dollar, die ihm Whiteman bezahlte, zu liquidieren? Er glaubte kein Wort davon. Wahrscheinlich war Boy über sein Verschwinden informiert und schnüffelte auf seiner Fährte.

Das war ein tödliches Spiel. Irgendwer hielt die Fäden in der Hand und bestimmte die Regeln.

Und das mörderische Match war noch lange nicht zu Ende.

Schwerfällig quälte Born sich hoch, humpelte zu den Folterwerkzeugen an der Ziegelwand und griff sich eine schwere Eisenkugel mit spitzen Nägeln, einen sogenannten Morgenstern.

Als er laute Schritte wahrnahm, die sich seinem Gefängnis näherten, taumelte er in Marterstuhl zurück, legte er die erbeutete Waffe auf die Schenkel, schichtete die Wolldecke darüber und imitierte den Ohnmächtigen.

Sperrende Schlüssel, quietschende Türangeln. Dann strömte Lichtschein in die Folterkammer.

Jeck Born schlug das Herz bis zum Halse. War es jetzt soweit? Kam da sein Mörder?

Fest krallte er die Finger um die Eisenkugel, bereit damit zuzuschlagen. Er spannte alle Muskeln an.

Der Mann mit der Hasenscharte blieb einen halben Meter vor dem vermeintlich besinnungslosen Detektiv stehen. Speichelsprühend haspelte er: „Wach auf, Drecksack, es gibt Frühstück. Wasser und Brot."

Er bückte sich vorüber und stellte das Tablett mit der Mahlzeit auf den steinernen Fußboden.

Und er konnte nicht bemerken, wie Jeck Born mit beiden Händen die stählerne Kugel über ihm hochschwang und mit allerletzter Energie zuschlug.

Die mörderische Waffe zerschmetterte die Schädeldecke des total Überraschten. Gnadenlos drosch Born ein zweites Mal auf ihn ein.

Aus der klaffenden Wunde sprudelte das Blut wie aus einem geplatzten Wasserrohr. Der tödlich Getroffene konnte nicht einmal mehr schreien. Er wälzte sich mit gematschtem Gehirn in der eigenen Blutpfütze. Sein Körper zuckte noch unregelmäßig

Born filzte den Sterbenden nach einer Waffe. Er fand eine deutsche Walther P 38 Pistole und ein Klappmesser. Das Messer steckte er in den Schuhschaft und ging mit vorgehaltener Schusswaffe zum Kellerausgang.

Dort war das Entkommen beendet, bevor es begonnen hatte.

Sukutscho erwartete ihn bereits. Er stemmte ihm den Lauf eines Maschinengewehrs in den Bauch, nahm ihm die Pistole ab und sagte hochachtungsvoll: „Sie sind ein Teufelskerl, Mr. Born. Das ist nun der zweite Mann, den Sie von uns gekillt haben. Und diesmal mit einem Morgenstern. Das ja direkt perfide von ihnen. Kompliment!"

Resolut drängte er Born in den Kerker zurück. „Bleiben Sie noch eine Weile unser Gast. Ich besuche Sie später wieder. Sammeln Sie inzwischen neue Kräfte, Sie werden sie brauchen."

Vor Jeck Borns Nase krachte der Verschlag zu. Der Riegel rastete wieder ein und Born stand hilflos in der tintenschwarzen Zelle.

Die Stille wurde nur vom ungleichmäßigen Atem eines Sterbenden unterbrochen und zerrte unerträglich an den Nerven.

Doch es währte nur kurz, dann war endgültig Ruhe.

Jeck Born wickelte sich in die Wolldecke ein, saß im Schneidersitz am Boden, den Kopf auf der Brust, apathisch, hungrig, depressiv.

Gefangen im schwarzen Loch. Angst kam.

***

Um mögliche Verfolger abzuschütteln fuhr Steven B. Welden mit der U7 von der Mainstreet nach Manhattan. Am Umsteigebahnhof Grand Central 42. Straße wechselte er zu der U6 und fuhr bis Endstation Pelham Bay Park. Von dort brachte ihn der Bus in die Tremont Avenue. Er war sich ziemlich sicher, dass ihm niemand an den Fersen haftete.

Die 83 Tremont Avenue war ein imposanter Glaspalast mit fünfzig Stockwerken und tausend Firmen. Die Gesellschaft **Lincoln & Partner Immobilien** residierte auf der fünfundvierzigsten Etage.

Steven B. Welden nahm den Lift.

Befremdet wahrten die wenigen Fahrgäste Abstand. Ekel und Abneigung in den Augen. Er sah wirklich wie ein Stadtstreicher aus und duftete auch nicht gerade nach Eau de Toilette. Dennoch erwiderte er trotzig die Blicke, bis die Insassen sich verlegen abwandten und leise miteinander tuschelten.

Der Fahrstuhl spuckte ihn auf dem fünfundvierzigsten Stockwerk aus. Exklusive Teppichauslegware dämpfte seinen Weg. Er suchte das Büro der Lincoln Gesellschaft.

Nach dem Rechtsanwalt, dem Anlageberater und dem Kreditverleiher stand er vor Lincolns Office.

Er tippte auf den Klingelknopf. Der Summer ertönte und er trat ein.

Kaltes Neonlicht strahlte ihn an. Kühle, unpersönliche Atmosphäre. Alles eine Spur zu teuer, zu mondän, zu unbehaglich. Moderne Möbel, die kein Leben atmeten, viel Plastik und viel Chrom. Abstrakte Bilder an weißgetünchten Wänden.

Die weizenblonde Empfangsdame am schwarzen Schreibpult war so leidenschaftslos wie das Neonlicht. Graues Chanellkostüm, weiße Bluse mit hochgeschlossenen Kragen. Streng nach hinten gekämmtes Haar, zu einem Knoten gebunden. Klares, weißgepudertes Gesicht, arrogante blaue Augen, herber, weinroter Mund.

„Was kann ich für Sie tun, Sir?" Ihrer Miene war nicht abzulesen, was sie von seinem ungepflegten Äußeren hielt.

„Ich will mit Mr. Lincoln sprechen. Es ist dringend", sagte er und fügte hinzu: „Mein Name ist Steven B. Welden."

Sie tat, als blätterte sie im Terminkalender nach. „Sind Sie angemeldet, Mister, äh, Welden?"

„Nein! Aber das ist ein Notfall. Mr. Lincoln muss mich empfangen. Geben Sie ihm Bescheid, dass ich hier bin."

„Bedaure, ich kann Sie nicht vorlassen. Mr. Lincoln hat eine sehr wichtige Konferenz. Da darf ich nicht stören", sagte die Sekretärin frostig. „Der nächstmögliche Termin wäre in vier Wochen." Sie fächerte die Kalenderseiten durch. „Passt Ihnen der 12. November?"

Welden spürte den aufsteigenden Ärger über ihre hochnäsige Art. Weit beugte er sich über den Schreibtisch zu ihr. Sie musste den Kopf zurückneigen, um zu vermeiden, dass er ihr zu nahe kam. Er buchstabierte das Namenschildchen, welches an ihrem Kostümrevers angeheftet war: „Miss Laurel Walker, Sie drücken jetzt die Taste der Sprechanlage und melden mich bei Ihrem Boss an. Sofort, okay?"

Ihre Nasenspitze erblasste unter der Schminke. Aber tapfer widerstand sie seinem angsteinflößenden Blick.

„Sie haben Mundgeruch, Mr. Welden!"

Er war irritiert: „Was?"

Herablassend sagte sie: „Sie sollten nach Hause gehen, sich waschen und rasieren, Zähne putzen und die Kleider wechseln."

Das war nicht zu ertragen. Er wurde wütend, auch weil sie recht hatte, und er sich das nicht eingestand.

„Eingebildete Gans", schnaubte er, zeigte auf die ledergepolsterte Zwischentür: „Ist dort sein Büro? Ist er da?"

Er wartete ihren Protest nicht ab, marschierte drauflos.

„Das können Sie nicht tun!" rief sie ihm postwendend nach.

„Und ob ich das kann", sagte er schroff, klopfte auch nicht an und trat in das Geschäftszimmer.

Ein grauhaariger Mann, gefährlich wie eine Giftspinne, dessen unförmige Körpermasse den Sessel zu sprengen drohte, in dem er sich eingepflanzt hatte, blickte den ungebetenen Besucher missbilligend an.

Formell stellte sich Welden vor. Erstaunt sah er sich mit dem Mann konfrontiert, der auf dem Foto abgelichtet war, das ihm Whiteman zugesendet hatte und den er töten sollte.

Überheblich sagte Neil Lincoln: „Mr. Welden, Sie kommen zu spät!"

Perplex antwortete Welden: „Wieso komme ich zu spät?"

„Sie sind doch Jeck Borns Partner?"

„Ja, aber was hat Jeck mit Ihnen zu tun?"

Obwohl ihm Lincoln keinen Platz anbot, hockte er sich einfach auf den Besucherstuhl.

Leichte Verdrießlichkeit in Lincolns Augen. Doch er sagte nichts. Er verschränkte die Finger ineinander und hörbar knackten die Knöchel.

Schließlich ergriff er das Wort: „Bringen Sie mir meine dreitausend Dollar wieder, die Born von mir erhalten hatte, ohne die geforderte Gegenleistung zu bringen?"

„Ich weiß nichts von dreitausend Dollar."

„Wieso stehlen Sie mir dann die Zeit?"

Mit Mühe zwang sich Welden sachlich zu bleiben. „Ich brauche Ihre Hilfe, Mr. Lincoln. Gestern wurde mein Partner Jeck Born entführt und die Kidnapper verlangen von mir 150 000 für seine Freilassung. Doch ich kann diese Summe unmöglich auftreiben."

Keine Silbe erwähnte er von dem Mordauftrag.

Nachsichtig lächelte Lincoln: „Ich bin mir nicht klar, ob ich Sie richtig verstehe, Mr. Welden. Sie stürmen in mein Büro und betteln mich um 150 000 Dollar an? Ich bin Makler und kein Wohlfahrtinstitut. Ich angagierte Jeck Born für viel Geld, damit er den Mörder meiner einzigen Tochter zur Strecke bringt. Er kassierte von meinem Lohnbüro in der 154the Straße dreitausend Dollar Vorschuss. Das war gestern Vormittag 10 Uhr. Seit 24 Stunden kontaktiert er mich nicht mehr. Ich muss annehmen, er hat sich mit meinem Geld aus dem Staub gemacht."

Welden versuchte das Gehörte zu verarbeiten. Demnach hatte Lincoln also Jeck Born beauftragt Whiteman zu finden. Allerdings wurde Born in eine Falle gelockt und gefangen genommen. Für dessen Freilassung sollte Welden nun Lincoln hinrichten. Nur dann würde Born überleben.

Irgendwie passte das Mosaik zusammen. Oder auch nicht.

Dabei fiel Welden ein, daß Sergeant Riser von einer Leiche in einem abbruchreifen Gebäude in der 154the Straße sprach. Und das bei dem Toten Jecks Waffe gefunden wurde.

„Befindet sich Ihr Lohnbüro in der Hausruine in der 154then?" fragte er aus den Gedanken heraus.

„Sie meinen das heruntergekommene Wohnheim? Natürlich ist das nicht mein Lohnbüro. Das befindet sich zwei Häuserblocks weiter."

„Könnte Jeck das Anwesen verwechselt haben?"

„Unsinn, niemand kann das verwechseln. Außerdem begleitete mein Fahrer Sukutscho Ihren Freund und holte das Geld für Ihn ab."

„Also ging Jeck nicht persönlich in die Buchhaltung?"

„Nein, er schickte Sukutscho. Aber Born quittierte den Geldempfang."

„Kann ich den Beleg sehen?"

„Was soll das?" fragte Lincoln gereizt. „Glauben Sie mein Mitarbeiter lügt und hat die Dollars für sich einbehalten?"

„Diesen Sukutscho, kann ich ihn sprechen?"

Gereizt blickte Lincoln auf seine Armbanduhr, als stehe er unter Zeitdruck. „Sukutscho ist seit heute beurlaubt."

Hart sagte Welden: „Ich glaube nicht, dass Jeck mit ihren läppischen dreitausend Piepen untertauchte. Ich befürchte eher, dass er in Whitemans Fängen ist. Und der verlangt 150 000, die ich nicht auftreiben kann."

„Mr. Welden, Sie sollten aufhören zu jammern. Von mir bekommen Sie keinen Cent." Lincolns Stimme tropfte vor Zynismus. „Ich will

Ihnen noch etwas sagen. Sie und Jeck Born sind doch Profis, nicht wahr? Sie kennen die Risiken Ihres Berufes. Wenn sich Born von Whiteman foppen ließ, war er selber schuld daran. Dann sage ich zu meinem Bedauern, er war der falsche Mann für mich und ich kündige unsere Zusammenarbeit. Somit schuldet mir Ihre Detektei dreitausend Dollar."

„Haben Sie keine Angst vor Whiteman? Er wird Sie zur Rechenschaft ziehen, weil Sie ihm ans Leder wollen."

"Na und? Ich hoffe, er kriecht aus seinem Schlupfwinkel. Ich setzte einen neuen, einen besseren Mann auf ihn an."

„Sie wollen mir also nicht helfen?" fragte Welden leise.

„Die Unterhaltung beginnt mich zu langweilen. Die Angelegenheit ist für mich erledigt. Ihre Probleme interessieren mich nicht."

Welden fühlte sich verabschiedet und stand auf. Er musterte den Mann genau, der in den zu engen Ledersessel eingeschweißt schien. Dann sagte er leichthin: „Es könnte aber Ihr Problem werden. Ich muss in wenigen Stunden Jeck aus der Gefangenschaft pauken. Gelingt es mir dies nicht, bleibt mir noch eine allerletzte Chance, denn Whiteman lässt Jeck nur frei, wenn ich Sie, Mr. Lincoln, töte."

Die Drohung beeindruckte Lincoln in keinster Weise. Geringschätzig sagte er: „Verschwinden Sie aus meinen Augen, Welden, und waschen Sie sich. Sie stinken wie ein toter Fisch."

Emotionslos streckte Welden den Arm und den Zeigefinger in Richtung Lincolns Kopf und betätigte einen imaginären Revolverabzug.

„Peng!" sagte er.

Lincoln erbleichte. Aber das konnte Steven B. Welden nicht mehr sehen. Er hatte das Office bereits verlassen. Auch für die kalte Vorzimmerschönheit vergeudete er keinen Blick mehr.

Er fuhr mit dem Citybus zu seiner Privatwohnung nach Manhattan in die Thirt Avenue. Das Appartement lag im zweiten Stock und er benützte die Treppe.

Direkt nach dem Betreten der Wohnung, entkleidete er sich und stellte sich unter die heiße Dusche. Anschließend schabte er den Stoppelbart ab und frisierte das nasse Haar. Er trocknete sich und begann sich wohler zu fühlen. Aus dem Kleiderschrank holte er frische Wäsche.

Hunger plagte ihn. Doch der Kühltruhe war gähnend leer und er zündete sich eine Zigarette an. Er öffnete den Wandtresor, der von einem Grace Kelly Porträt verdeckte war und holte den Reservecolt heraus. Gleichfalls eine Smith & Wesson, Kaliber 38, 5 Patronen in der Trommel. Zusätzlich steckte er noch eine Schachtel Ersatzmunition ein.

Wenig später rief er unten auf der Straße nach einem Taxi.

„Queens, 154the Straße", sagte er.

Es war fünf Minuten nach 12 Uhr Mittag.

***

Genau vor der Hausnummer 610 in der 154the Straße bremste der Taxifahrer.

Der vierstöckige Bau entpuppte sich tatsächlich als Bruchruine. Abbröckelnder Verputz, ausgeschlagene Fensterscheiben, schiefhängende Eingangstür mit angenageltem Lattenkreuz. Das Gebäude schien unbewohnt. Im Hausflur ein widerwärtiger Mief. Welden steckte sich einen Glimmstengel an und machte sich über knarrende Stiegen auf den Weg zur vierten Etage. Jedes Stockwerk besaß vier Wohneinheiten. Die Räume im letzten Geschoss waren alle frei zugänglich. Bei drei Behausungen waren sogar die Türen ausgehängt.

Welden wunderte sich. Er hatte angenommen, dass zumindest eine Wohnung von der Polizei versiegelt war. Da ja in einer, laut Sergeant Riser, ein erschossener Mann aufgefunden wurde.

Oberflächlich durchforstete Welden die Etage. Verlassene Zimmer, ablösende Wandtapeten, kein Inventar, speckige Matratzen auf kahlen Fußböden, Leere Coladosen, Bierbüchsen, Essensreste.

Die hinterste Wohnung im Flur unterschied sich ein wenig von den anderen. Hier könnte sich vor kurzen noch jemand aufgehalten haben.

Ein schiefergrauer Plastiktisch, randvoller Aschenbecher, vier Korbstühle, altes Schrankbüffet, verfilzter Teppich.

Diesen Raum besichtigte Welden gründlicher. Einige Flecken auf dem Teppich schienen frisch zu sein. Eingetrocknetes Blut vielleicht? Auch an einem der Stühle klebten verräterische Kleckse. Wieder Blut?

Unter dem Tisch schimmerte ein metallener Gegenstand. Welden kroch danach. Eine deformierte Patronenhülse. Kaliber 40. Jeck besaß eine Springfield Pistole mit diesen Kaliber. Zufall?

Mit der Kupferhülse sondierte Welden die abgebrannten Zigarettenstummeln im Ascher. Einer davon war eine filterlose Gauloise. Die französische Marke, die Jeck bevorzugte. Erneut ein Zufall?

Schließlich kippte er den Abfalleimer um und fand in dem Unrat ein kleines Messingschild mit der Aufschrift: **Immobilien N. Lincoln Personal & Lohnbüro.**

Nachdenklich lehnte sich Welden an den Türstock.

Einiges deutete darauf hin, dass sich Jeck in diesem Zimmer aufgehalten hatte. Eine Patronenhülse und eine Gauloisekippe und ein abgeschraubtes Türschild. Nicht sehr überzeugende Indizien. Aber immerhin.

Wer lockte Jeck in den Hinterhalt? Da kam nur Lincolns Fahrer Sukutscho in Betracht. Doch wieso bemerkte Jeck nicht, dass in diesem Trümmerhaus kein Geschäftsbüro sein konnte?

Und warum riegelte die Polizei die Wohnung nicht ab. Es soll doch einen Toten gegeben haben. Kein Hinweis auf polizeiliche Ermittlungen. Kein Siegel am Eingang, keine Spurensicherung. Die Patronenhülse würde kein Cop übersehen.

Welden dachte an Riser und Sutheroon. Hatten sie ihn angelogen? Inszenierte die beiden Männer, die er für typische Kriminalbeamte gehalten hatte, eine perfekte Show für ihn? Je länger er darüber nachgrübelte, desto mehr kam er zu dem Entschluss, dass er ein blinder Amateur war. Allein seine Flucht aus dem Belvedere war eine Farce. Sie behinderten seinen Abgang nicht allzu sehr, zogen nicht einmal ihre Waffen.

Verdammt, sie ließen ihn flüchten, damit er in diesem Haus die gelegten Spuren fand. Oder auch, weil sie annahmen er werde Lincoln aufsuchen und ihn töten?

Die Zeit rieselte ihm wie Sand durch die Finger und er wusste nicht wie er vorgehen sollte. Er hatte keinen Plan und kein Konzept.

Er stakste aus der Wohnung, aus dem Gebäude und hielt Ausschau nach einer Telefonzelle.

Er telefonierte.

Eine gelangweilte Stimme meldete sich: „Polzeidistrikt 16. Revier, Sergeant Wyler."

„Ist Sergeant Riser da?" fragte Welden.

„Wer? Sergeant Riser? Kenn ich nicht."

„Oder Sergeant Sutheroon? Ist der im Dienst?"

„Hören Sie, Mister. Diese beiden Beamten arbeiten nicht bei uns! Mit wem spreche ich überhaupt?"

„Die zwei Cops befragten mich gestern über einen Mord, der sich in meiner Wohngegend ereignete", log Welden. „Sie baten mich zurückzurufen, wenn mir nachträglich noch was Wichtiges einfallen sollte."

Die Stimme in der Leitung wurde aufmerksamer: „Mister, uns wurden gestern 37 Tötungsdelikte angezeigt. Welchen Mord meinen Sie?"

Unverständliches Gemauschel im Hintergrund und Welden hörte, wie sich ein weiterer Teilnehmer in das Gespräch einklinkte.

Ruhig antwortete er: „Es geht um den Toten in der 154the Straße. Ein Mann wurde in dem baufälligen Gebäude erschossen."

„Ein Leiche in der 154the Straße? Davon wissen wir nichts. Klären Sie uns auf?"

Wortlos hängte Welden ein.

Geistesabwesend trat er aus der Kabine und prallte mit einer vorbeihastenden Fußgängerin zusammen.

Ein despektierlicher Blick strafte ihn. Unnahbare Augen, strenger Haarknoten, mausgraues Kostüm.

Sofort erkannte Welden die stolze Empfangsdame aus Lincolns Sekretariat wieder.

„Hallo, Miss Laurel Walker, was für ein Zufall!"

„Mr. Welden?" fragte sie zweifelnd und Distanz wahrend: „Sie?"

„He, was ist los, schöne Frau?" sagte er. „Sehen Sie mich an. Ich bin es, Steven Boy Welden. Geduscht, rasiert und Zähne geputzt. Sie wissen noch?" Er wiederholte ihre Worte: „Sie haben Mundgeruch, Mr. Welden!"

Der Anflug eines Lächelns erhellte ihre Miene: „Ich entsinne mich wieder. Sie haben sich zu Ihrem Vorteil gewandelt, Mr. Welden. Sie sehen gut aus."

„Von Ihnen ein Kompliment? Was ist mit Ihnen passiert? Im Lincolns Büro gefielen Sie mir fast besser. Taff und unterkühlt wie die blonde Grace Kelly."

„Ja, ich weiß. Und Sie beschimpften mich als eingebildete Gans, nicht wahr?" Ihr Gesicht wurde freundlicher.

Entschuldigend sagte er: „Stimmt, ich war sauer auf Sie. Aber wer hört schon gerne, dass er aus dem Mund riecht, auch wenn es stimmt. Trinken wir zur Versöhnung eine Tasse Kaffee?"

„Ausgerechnet mit Ihnen soll ich Frieden schließen?" erwiderte sie. „Ihnen verdanke ich meine fristlose Kündigung."

„Lincoln hat Sie entlassen? Wieso?"

Laurel Walker zuckte mit den schmalen Schultern und sagte: „Nachdem Sie gegangen sind, rief mich Lincoln zu sich und teilte mir mit, er verzichtet ab sofort auf meine Mitarbeit. Er benötigte eine Sekretärin, die ihm ungebetene Gäste vom Leib hielt. Ich wäre dafür nicht geeignet und könne meine Arbeitspapiere im Lohnbüro abholen."

„Dieser Mistkerl, das kann er doch nicht tun?"

„Doch er kann. Aber das ist kein Weltuntergang. Morgen habe ich einen neuen Job."

Das glaubte ihr Welden nicht. Ihre Zuversicht war nur gespielt. Er merkte ihr an, wie niedergeschlagen sie war. Auf einmal tat sie ihm leid. Sie war gar nicht der Eisblock für den er sie gehalten hat. Fürsorglich legte er den Arm um ihre Schulter: „Kommen Sie, Laurel, wir trinken keinen Kaffee, sondern einen Whisky. Der macht Ihnen warm und etwas leichter ums Herz."

Für kurzen Moment lang lehnte sich Laurel an ihn. Dann machte sie sich frei. „Ich kann nicht. Ich habe keine Zeit", sagte sie bedauernd. „Ich muss noch einmal ins Geschäft zurück. In der Aufregung habe ich vergessen, einige persönliche Dinge mitzunehmen. Ich hoffe nur, Mister Lincoln schmeißt mich nicht hochkant raus"

„Soll ich Sie begleiten?" bot er ihr an.

„Das kann ich Ihnen nicht zumuten. Sie haben Ihre eigenen Probleme. Da können Sie sich nicht auch noch um mich kümmern."

„Blödsinn, ich gehe mit", bestimmte Welden. „Letztlich bin ich Schuld an Ihrer Misere. Und wenn Lincoln zudringlich wird, werde ich ihn zur Räson bringen. Sind Sie mit Bus oder Taxi unterwegs?"

Ihre wasserhellen Augen blieben undurchschaubar. Reserviert sagte sie: „Mein Auto parkt auf der Straßenseite gegenüber."

Gemeinsam überquerten sie die Fahrbahn.

Laurel fuhr einen europäischen Sportwagen. Einen Alfa Romeo Spider.

Annähernd dreißig Minuten dauerte die Fahrt nach Queens, in die Tremont Avenue.

Der Lift beförderte die Beiden in das fünfundvierzigste Obergeschoß.

Die Eingangstür zu Lincolns Büroräume war nur angelehnt.

„Da stimmt etwas nicht", flüsterte Laurel, obwohl sie allein im Korridor standen und weit und breit niemand in der Nähe war. „Ich habe das Büro abgesperrt, als ich ging."

Bestimmt schubste Welden sie zur Seite und sagte: „Du bleibst hier und rührst dich nicht vom Fleck. Ich werde nachsehen."

Er zückte den Revolver und drückte sich so leise wie möglich in das Vorzimmer.

Gleißendes Neonlicht überstrahlte den verlassenen Raum. Er spürte Laurel dicht hinter ihm.

Auch die ledergepolsterte Zwischentür zu Lincolns Arbeitsplatz stand halboffen.

Welden gab der Tür einen leichten Stoß. Er erhielt freie Sicht auf den am Schreibtisch sitzenden Neil Lincoln. Kopf und Oberkörper ruhten auf der Tischplatte. Lincoln schien eingeschlummert zu sein. Aber Welden wusste, dass er nicht schlief.

Entsetzt würgte Laurel einen Schrei hinunter.

„Mensch, Mädchen, ich habe dir gesagt, du sollst im Gang bleiben. Das ist kein schöner Anblick."

Achtsam näherte sich Welden dem Bürotisch.

Lincolns silbergraues Haupt badete in einer blutroten Lache. Welden zählte drei Einschüsse im Hinterkopf. Aus unmittelbarer Nähe abgefeuert. Das dickflüssige Blut rann in mehreren Rinnsalen aus dem Haar über die Ohren, überschwemmte die Tischoberfläche und tropfte von der Kante auf den teuren Teppich.

„Ist er tot?" fragte Laurel in Weldens Rücken.

„Mausetot", sagte er nicht gerade zartfühlend.

„Aber... aber ...er lebte doch noch als ich ihn verließ", beteuerte sie und riskierte nochmals einen schnellen Blick auf den Toten. Ihr Gesicht wurde aschfahl und sie wandte sich ab.

„Das hast du nun von deiner Neugierde", sagte er schroff. „Geh ins Klo, wenn du kotzen musst." Er dachte, ein Problem hatte sich erledigt. Er musste Lincoln nicht mehr töten. Ein anderer war ihm zuvorgekommen. Wann Lincoln erschossen wurde war schwer zu sagen. Der Körpertemperatur nach, vielleicht vor drei oder vier Stunden. Also bald nach Weldens Abgang.

Erst nachdem Welden um den Leichnam herumging, bemerkte er die linke Hand von Lincoln, welche in der herausgezogenen oberen Schublade lag. Es befand sich nichts darin. Bei genauerer Besichtigung fand er doch etwas Verdächtiges. Lincoln hatte mit seinem eigenen Blut einen Buchstaben auf den blanken Unterboden gekritzelt. Die Letter war sehr verronnen. Es könnte ein **W** sein. Trotzdem war er sich nicht sicher. **W** war das Anfangsinitial von Whiteman. Das war das erste, was ihm spontan einfiel.

Aufgeregt sagte Laurel: „ Da kommt wer! Ich höre Schritte!"

„Auch das noch! Gibt es einen anderen Ausgang?"

Ohne Antwort eilte sie zu dem Eichenschrank, der neben dem Eingang aufgebaut war und klappte die Flügeltüren auf.

„Ich verstecke mich doch nicht im Spind", maulte er. „Dort suchen sie uns zuerst."

„Nun komm schon. Vertrau mir!" Laurel betrat das Schrankinnere. Kopfschüttelnd folgte er ihr und sie zog die Türen zu. Tiefes Dunkel hüllte beide ein. Hautnah rieben ihre Körper aneinander und er umfasste ihre Taille. Wallende Hitze loderte aus ihrem Leib. Samtweiche Lippen an seiner Wange, herbsüßes Parfüm, duftendes Haar. Die Atmosphäre im engen Versteck knisterte vor geballter Sinnlichkeit. Sein Mund suchte den Ihren.

Da klopfte ihm Laurel sanft auf die Finger: „Benimm dich anständig, Steven!" Graziös schraubte sie sich aus der Umarmung und forschte die Rückwand ab. Dann betätigte sie einen verborgenen Mechanismus und die massive Holzverkleidung ließ sich ineinander verschieben.

Der geheime Weg führte durch den angrenzenden Schrank zurück in das Sekretariat.

Laurel öffnete die Verbindungstür einen Spalt und lugte hindurch.
Gerade schlichen sich zwei unbekannte Besucher in Lincolns Büro.

Laurel nahm Welden bei der Hand und schleifte ihn unverzüglich aus der Geschäftsstelle.

Der Aufzug rauschte mit ihnen zum Parterre. Gleichdarauf kletterten sie in den Alfa Romeo und Laurel startete den Anlasser.

„Warte, lass dir ein paar Minuten Zeit", hielt er sie auf, bevor sie wegfahren konnte.

Sie stellte den Motor wieder ab.

Er zündete eine Zigarette an und beobachtete den Eingang des Wolkenkratzers. Menschen fluteten ein und aus.

Die Zigarette war zu Ende geraucht, als zwei Männer aufgeregt aus dem Gebäude rannten.

Welden erkannte Jeff Riser und Kiefer Sutheroon auf Anhieb.

Unschlüssig liefen sie den Bürgersteig rauf und runter und wussten offensichtlich nicht wohin.

Instinktiv duckte sich Welden im Wagen. Als er wieder hochsah, hatten sich die beiden in Luft aufgelöst.

„Wer waren die Männer? Cops?" fragte Laurel neugierig.

„Wenn ich das wüsste, wäre ich schlauer", seufzte er. „Hast du gesehen, wo die beiden hin sind?"

„ Nein, die Menge hat sie verschluckt. Haben die Männer Lincoln erschossen?"

„Ich habe keine Ahnung, vielleicht, vielleicht auch nicht".

„Was tun wir nun? Fahren wir zu dir oder zu mir?"

Nervös grapschte er nach einer neuen Zigarette. Er fühlte sich in eine Sackgasse getrieben. Wer killte Lincoln? Was bedeutete das blutige

W? Die kostbare Zeit tickte ihm davon und er war Jeck Born keinen Deut näher gekommen. Er rieb seine schmerzende Stirn.

Besorgt fragt ihn Laurel: „Was ist mit dir, Steven? Was bedrückt dich?" Weich berührte sie seine Hand.

Er lehnte sich im Beifahrersitz zurück und starrte durch die Windschutzscheibe auf die vorübereilenden Fußgänger. „Mir verbleibt nur noch wenig Zeit um meinen Freund zu finden. Und nur der Teufel allein weiß, wo er steckt." Sarkastisch fügte er an: „Wahrlich, ich bin ein guter Detektiv."

„Du bist ein guter Detektiv und du wirst deinen Freund retten. Du hast Zeit bis morgen Mitternacht. Ich bin sicher, du wirst sie nützen." Erneut startete sie den Motor und reihte den Alfa in den fließenden Verkehr ein. „Wir fahren zu mir. Bei einem Glas Wein kannst du dich bei mir entspannen. Dann sehen wir weiter. Kopf hoch, Steven. Noch hast du nicht verloren!"

Die Aufmunterung tat ihm gut. Er blickte sie von der Seite her an. Ihr Profil war klassisch schön. Behutsam löste er die Silberklammer, die den strengen Haarknoten zusammenhielt.

Anmutig schüttelte Laurel das prächtige Blondhaar auf. Locker und wellig verteilte es sich über Schulter und Nacken.

Unwillkürlich dachte er an die prickelnde Szene im beengten Schrank. Der nachgiebige Frauenkörper, der aufreizende Hautkontakt, ihr glühender Mund...

Hallo, er war ganz schön scharf auf sie.

***

Jeck Born lehnte mit dem Rücken an der kalten Kellermauer. Die Kälte fraß sich in seine Innereien vor. Undurchschaubares Schwarz um ihn.

Angestrengt lauschte er und hörte nur das Schlagen des eigenen Herzen. Die Angst bohrte sein Gehirn an und steigerte unaufhaltsam die Panik.

Er wagte nicht sich zu bewegen. Atmete flach und leise. Die Nerven zum Zerreißen gespannt und die Sinne ausgefahren wie eine Antenne.

Und dann spürte er es. Er war nicht mehr allein.

Irgendetwas Bedrohliches pirschte sich lautlos aus der Dunkelheit an ihn heran.

Er konnte ihn riechen. Den ekligen Geruch des Todes.

*****

Die erotische Spannung, die sich während der Fahrt zwischen ihnen aufgeladen hatte, entlud sich in Laurels kleiner Wohnung, kaum das die Tür hinter ihnen zufiel.

Laurel drückte Welden in die Couch und warf sich über ihn. Begehrlich pressten sich ihre Lippen auf die seinen. Geschickt knöpfte sie ihm das Hemd auf, bedeckte die entblößte Brust mit heißen Küssen. Ihre hemmungslose Leidenschaft überrumpelte ihn. Die spitze Zunge war wie Feuer und Eis, züngelte gierig durch sein Brusthaar hinunter zum Bauch und hinterließ eine feuchte Spur. Fingerfertig schnallte Laurel seinen Gürtel auf und zurrte ihm die Hosen von den Hüften. Sie raffte ihren engen Rock bis zur Taille hoch, schob den giftroten Slip beiseite und schwang sich rittlings auf ihn. Sie trug rote Strapse und rauchgraue Netzstrümpfe. Als sie eins wurden, stieß Laurel einen kurzen, ekstatischen Wonneschrei aus. Das Gesicht entrückt, die Augen fest geschlossen, der sinnliche Mund weit geöffnet. Animalischer, keuchender Atem. Mit einem Ruck zerfetzte er ihre Seidenbluse und den roten Büstenhalter. Spitz und hart drängten die Brustwarzen gegen seine Hände. Der Rhythmus der Bewegungen wurde intensiver und schneller. Wie im Rausch wogte ihr Becken auf und nieder. Wild schleuderte sie den Kopf zurück. Schweißperlen tropften von ihrer Stirn. Heftig massierte er ihre prallen Brüste und stemmte sich gegen den enthemmten Frauenleib. Seine Lippen umkreisten die erigierenden Brustnippel und saugten massiv daran. Ihre Lust steuerte unaufhaltsam den Höhepunkt zu. Ihr bebender Körper brodelte wie ein Vulkan und stand vor der Explosion.

Das war keine Liebe, keine Wärme. Das war schneller, direkter Sex.

Genauso schnell war es vorüber.

Laurel schrie unartikuliert, klatschte schweißgebadet über Welden zusammen und blieb wie leergesaugt an ihm kleben. Ihr keuchender Atem beruhigte sich und die sexuelle Erregung ebbte langsam ab.

Flüchtig küsste sie Welden auf die Wange, strich die Haarsträhnen aus der Stirn und rutschte von ihm herunter. Sie glättete den Rock nach unten, stopfte die zerfledderte Bluse in den Bund und sagte, als wäre nichts vorgefallen: „Willst du zuerst in das Bad?"

Er schüttelte den Kopf: „Nein, geh nur du."

Er zog die Hose hoch und blieb eine Minute ausgestreckt liegen. Er fühlte sich unbefriedigt und enttäuscht. Das hatte er sich anders vorgestellt. Die anfängliche Verliebtheit war wie ausgelöscht. Eine Frau wie Laurel, die so ohne Umschweife einen Mann eroberte und sogleich ihre Lust auslebte, war ihm noch nie begegnet. Nicht der geringste Funken von Zärtlichkeit. Jählings musste er an seine letzte Beziehung denken, die er durch eigene Schuld zerstörte. Er dachte an die sanfte, wunderschöne Anett McCormick. Auf einmal sehnte er sich nach ihr. Sie fehlte ihm.

Im Bad plätscherte das Duschwasser.

Und er stahl sich wie ein Dieb aus der Wohnung.

***

Unterwegs kaufte er an einem Kiosk einen Hot Dog und verschlang ihn heißhungrig.

Ein Taxi brachte ihn anschließend nach Hause. Er duschte heiß und kalt und kleidete sich frisch an.

Bösartig schrillte das Telefon. Er nahm ab: „Ja?"

Es war Whiteman. „Sie haben mich bitter enttäuscht, Mr. Welden. Sie haben Lincoln nicht getötet!"

„Woher haben Sie meine Nummer?", fragte Welden störrisch.

„Die steht im Branchenbuch, das ist doch kein Geheimnis!", sagte Whitman. „Warum töteten Sie Lincoln nicht?"

„Weil mir irgendjemand zuvorkam. Aber Lincoln ist doch tot. Lassen sie Jeck jetzt frei?". Welden wunderte sich selbst über seine Naivität.

Die ernüchternde Antwort folgte auch sofort: „Wieso sollte ich? Lincoln ist zwar nicht mehr unter den Lebenden, aber Sie haben total versagt. Ich werde Jeck Born also trotzdem liquidieren müssen."

„Du Scheißkerl!" übermannte Welden machtloser Zorn. „Das kannst du nicht tun. Ich bringe dich um!"

„Mr. Welden, bleiben Sie realistisch. Wie wollen Sie mich umbringen, wenn Sie gar nicht wissen, wer ich eigentlich bin. Dagegen weiß ich alles über Sie. Ich habe Ihre Adresse, Ihre Telefonnummer, kenne sogar Ihre Lieblingsbar. Alle Trümpfe in meiner Hand."

Erregt sagte Welden: „Was spielen Sie für ein Spiel? Was haben Sie gegen mich? Was habe ich Ihnen getan?"

„Das ist nichts Persönliches. Es war reiner Zufall, dass Sie ausgewählt wurden. Ich habe das Branchenbuch unter der Rubrik Detektive aufgeschlagen und blind auf einen Namen getippt. So kam ich auf Sie."

„Das ist doch ein Witz!"

„Das ist kein Witz, glauben Sie mir", sagte Whiteman. „Mein Spiel ist noch nicht vorbei. Jedoch gebe ich Ihnen eine zweite und letzte Chance um Ihren Freund zu retten. Sie schlafen heute Nacht wieder im Belvedere. Dort erhalten Sie neue Instruktionen. Und diese werden Sie tunlichst befolgen. Sonst ist Jeck Born um Mitternacht tot!"

Weldens Selbstbeherrschung war dahin. „Einen verdammten Scheißdreck werde ich tun", schrie er in die Sprechmuschel. „Sie können mich kreuzweise. Ich gehe auf keinen Fall in den Miststall von Hotel."

Aber Whiteman war nicht mehr in der Leitung. Welden redete nur noch mit dem Freizeichen. Zornig haute er den Hörer auf die Gabel.

Er zwang sich Ruhe zu bewahren.

Whiteman war folglich genau informiert, dass Welden Lincoln nicht erschossen hatte.

Doch wer war der wahre Täter?

Langsam dämmerte Welden, ihm blieb keine andere Möglichkeit, als nochmal eine Nacht in der Absteige zu verbringen. Er musste auf Whitemans krankhaftes Spiel eingehen.

Für einen winzigen Augenblick dachte Welden daran, dass sein Freund Jeck möglicherweise nicht mehr lebte. Schnell verbannte er den erschreckenden Gedanken.

Er packte die notwendigen Sachen für eine Hotelübernachtung in die blaue Reisetasche.

Abermals klingelte das Telefon. Eigentlich hatte er keine Lust mehr ranzugehen. Doch das Läuten hörte nicht auf.

Die Wut war noch nicht verraucht. Er bellte in den Apparat: „Lass mich zufrieden, Whiteman!"

Laurel Walkers kühle Stimme traf ihn mitten ins Herz.

Sie sagte: „Noch nie hat mich ein Mann so gedemütigt wie du, Mr. Welden. Du hast mich gefickt und mich dann verlassen, als wäre ich ein Stück Scheiße. So fies wie du ist noch nie Kerl zu mir gewesen. Ich war fünf Minuten im Bad und du hast dich feige davongemacht. Warum tust du mir das an? Ist dein Ekel für mich so groß?"

Er wollte sich rechtfertigen. Dabei fehlten ihm die richtigen Worte. „Ich ekele mich nicht vor dir", sagte er schwach. „Es ist nur..."

Bitter unterbrach sie ihn: „Bemühe dich nicht. Du hältst mich für eine Hure, nicht? Wir kennen uns nur wenige Stunden und schon lande ich mit dir in der Kiste. Das tun nur Nutten, das denkst du doch. Verdammt, Steven, das habe ich nicht verdient. Zu oft wurde ich nur benutzt. Ich dachte, du wärst anders als andere Männer. Ich habe dich geliebt und du legst mich ab wie einen schmutzigen Mantel. Meine Hingebung für dich war schrankenlos und du trittst mich mit Füßen. Okay, ich werde es überleben. Ich wünsche dir alles Gute, Mr. Welden. Lebe wohl!"

Sie legte auf und er hielt den Hörer in der Hand und fühlte sich ziemlich schäbig. Er hatte Laurel falsch beurteilt. Es war ein Fehler sich klammheimlich davonzuschleichen. Aber es war zu spät ihr das zu sagen.

Er sperrte das Appartement hinter sich ab und holte seine 11 Jahre alte Chevrolet Corvette aus der Tiefgarage.

Aus der Telefonzelle vor dem Gebäude, in dem Welden wohnte, trat eine blonde Frau mit großer Sonnenbrille und eilte zu dem roten Alfa Romeo. Mit angemessenem Abstand folgte sie der schwarzen Corvette.

Steven B. Welden registrierte das nicht.

Er fuhr zum Belvedere Motel.

An der Rezeption empfing ihn ein neuer Portier.

„Wo ist Porky Slim?" erkundigte sich Welden.

„Er hat sich frei genommen", sagte der Hohlwangige. „Willkommen in unserem Etablissement, Mister?"

„Ich bin hier Gast. Geben Sie mir den Schlüssel für Zimmer 33. Hat jemand eine Nachricht für mich hinterlegt? Mein Name ist Welden."

Der Pförtner sondierte die Post durch. „Da ist ein Brief für Sie!"

Welden nahm das Kuvert entgegen und suchte sein Quartier auf.

Es war genauso unaufgeräumt wie er es verlassen hatte. Und es stank weiterhin bestialisch. Er riss wieder einmal die Fenster auf und las dann die neue Botschaft, zwei Zeilen nur, und abermals ein Foto.

„Töte diese Frau!"

Whiteman

Konsterniert betrachtete Welden die Frau auf dem Bild. Es war Laurel Walker. Er kapierte gar nichts mehr. Wie kam Laurel in das Spiel? Was hatte sie mit der ganzen Sache zu tun?

In voller Montur schmiss er sich auf die Matratze. Angestrengt überlegte er und kam zu keinem Ergebnis. Langsam wurde er müde und döste ein.

Irgendein Geräusch schreckte ihn hoch.

Er wachte auf und blickte geradewegs in Laurel Walkers unergründliche Augen.

Sie hockte neben ihm auf der Bettkante. Lasziv die schlanken Beine übereinander geschlagen. Unter dem hochgerutschten Minirock blinzelte der winzige schwarze Slip hervor und die nackten Brüste scheuerten gegen die dünne Nylonbluse.

Laurel hatte ihm, während er schlief, das Hemd aufgeknöpft und den Hosenriemen gelockert.

Fasziniert musterte er ihre feingliedrige Hand, die entspannt auf seinem Bauch ruhte. Lange, spitze Fingernägel, flammend rot lackiert.

Die warme Hand regte sich, wanderte tiefer in seine geblümten Shorts. Die Nägel kratzten leicht an der empfindlichen Haut.

Seine Bauchmuskeln verkrampften. Eiseskälte machte sich in ihm breit.

Die Finger erreichten ihr Ziel und das Blut pumpte schneller durch seine Lenden.

Liebevoll beugte sich Laurel über ihn. Rot wie Mohn leuchteten ihre Lippen und waren den seinen ganz nah und heißer Atem streichelte ihn. Betörend flüsterte sie: „Entspanne dich, Steven Boy. Entspanne dich und genieße es. Mein Mund bringt dir das Paradies."

Augenblicklich lärmte ihn Weldens Kopf eine Alarmglocke. Und er wusste nicht weswegen. Er versuchte sich zu erinnern. Da war das blutverschmierte **W** auf dem Schubladenboden. Er war immer der Meinung, der Buchstabe deutete auf Whiteman hin. Doch vielleicht gehörte das **W** zu einem anderen Namen. Womöglich zu Laurel Walker? Wieso hatte er dies nicht schon früher ins Kalkül gezogen. Tötete sie Neil Lincoln? Und da war auch noch die Szene in ihrem Auto, als sie ihn tröstete und sagte. „Du bist ein guter Detektiv und wirst deinen Freund retten. Du hast Zeit bis morgen Mitternacht."

Woher wusste Laurel von dem Ultimatum? Er erwähnte vor ihr keine einzige Silbe davon.

Pflaumenweich umschmeichelte der Frauenmund sein Ohr und den Hals. Er hörte sie verheißungsvoll raunen: „Lass es einfach geschehen, Darling. Lass dich von mir verwöhnen. Du bist im Garten Eden. Es wird wunderbar für dich sein."

Er reagierte automatisch und war sich gar nicht klar über sein Tun. Brutal versetzte er Laurel einen Schlag an die Schläfe und schleuderte sie von sich und vom Bett.

Die Geschlagene donnerte auf den Rückgrat und das schöne Gesicht entstellte sich vor Schmerz. Aus dem geöffneten Mund schäumte helles Blut und in den blauen Augen stand das blanke Entsetzen.

Verständnislos starrte Welden auf sie.

Endlich begriff er. Auf ihrer heraushängenden Zunge klebte eine Rasierklinge, die ihr beim Sturz den Rachen aufgeschnitten hatte.

Sogleich wurde es Welden schlecht. Bei Gott, Laurel wollte ihn kaltblütig mit der Rasierklinge im Mund die Kehle aufschlitzen. Von einem Ohr zum anderen.

Laurel spuckte die scharfe Klinge aus und unaufhörlich quoll das Blut aus der Mundhöhle.

„Wieso konntest du das wissen?" Ihre Worte waren kaum zu verstehen.

„Ich weiß gar nichts", sagte er und schnürte den Hosengurt zu.

„Du lügst! Ich hasse dich. Ich wollte mich rächen für die Schmach, die du mir zugefügt hast." Wie zäher Sirup pappte das Blut zwischen ihren Zähnen. Es fiel ihr immer schwerer zu reden. „Nicht einmal eine Hure behandelt man so, wie du mich behandelt hast. Du bist ein Scheißkerl, Steven Boy Welden."

„Das mag ja sein. Ich habe einen Fehler gemacht. Das tut mir leid. Aber auch du warst nicht ehrlich. Dich hat doch Whiteman beauftragt mit mir zu schlafen und mir anschließend den Hals durchzuschneiden."

Die weiten Augen sahen ihn fiebrig an: „Du hast den Tod verdient. Ihr Männer seid alle Schweine. Ich hätte dich getötet. Schade, es ist mir nicht gelungen".

„Du bist auch nur eine Marionette in diesem teuflischen Spiel. Sag mir die Wahrheit. Warum wolltest du mich töten und warum hast du auch Lincoln gekillt. Du bist doch sein Mörder, oder?"

„Lincoln war ein noch größerer Bastard wie du. Er hat mich vergewaltigt, erniedrigt und wie eine Sklavin gehalten. Dieses fette Schwein hatte den Tod tausendfach verdient." Ihre Stimme wurde immer schwächer.

„Du hast Pech gehabt. Lincoln kritzelte noch den Anfangsbuchstaben seines Mörders in die Schublade. Ein **W**. Zuerst vermutete ich dies wäre ein Hinweis auf Whiteman. Dabei übersah ich, dass es auch Walker heißen könnte. Laurel Walker."

Laurels Mund verbog sich zu einem gequälten Grinsen und ein neuerlicher Blutschwall blubberte über ihr Kinn. „Du bist ein Idiot, Welden. Mit drei Kopfschüssen schreibt niemand mehr einen Buchstaben."

„Du hast das nachträglich inszeniert um mich in die Irre zu leiten?" fragte Welden überrascht.

„Steven, du begreifst gar nichts. Aber irgendwann wirst du es kapieren. Nur ist es dann zu spät."

„Du arbeitest also tatsächlich für Whiteman? Dann weißt du auch wo er Jeck gefangen hält. Verrate es mir mir und ich verständige einen Krankenwagen."

Voller Abscheu spuckte Laurel ihm blutigen Speichel auf die Schuhspitze. „Ich verrate dir gar nichts. Verpiss dich, Steven!"

„Wo habt ihr Jeck untergebracht?" fragte er hart.

Ihre Lippen bewegten sich.

Er bückte sich zu ihr herunter, um sie besser zu verstehen.

Ein kurzer, scharfer Knall verursachte ein Luftzittern. Es klang, als zertrete man ein Schneckengehäuse.

Wie vom Blitz getroffen schlug Laurels Hinterkopf auf den Fußboden. In der Schläfe ein fingerhutgroßes Loch, aus dem ein schmaler Blutfaden rann.

Verwirrt drehte sich Welden auf der Stelle. Er suchte den unsichtbaren Todesschützen. Doch außer ihm und der toten Laurel war niemand im Zimmer. Woher kam der Schuss?

Er vermutete, die Kugel könnte aus der Richtung des blinden Spiegels über dem Waschbecken abgefeuert worden sein.

Zögernd bewegte sich Welden dorthin. Er ignorierte sein verschwommenes Spiegelbild und strich mit den Fingerkuppeln über das Glas. In der Spiegelmitte, etwa Kopfhöhe, spürte er ein scharfkantiges Loch in Hemdknopfgröße. Um die kleine Öffnung war das Glas sternförmig gesplittert.

Eine lange Minute verharrte er vor dem Wandspiegel. Er war sich nicht sicher, ob er von der anderen Seite zu sehen war und er fragte sich, lauerte vielleicht der Mörder noch im angrenzenden Raum und richtete die Waffe auf ihn?

„Schieß schon, du hinterhältiges Stinktier!" sagte Welden zu dem fiktiven Feind. Doch nichts passierte.

Abrupt wandte er sich ab und ging in den Treppengang hinaus und postierte sich neben dem anliegenden Apartment.

War der Mörder noch da drinnen?

Welden griff nach seinem Colt und sprengte mit einem wuchtigen Fußtritt die Tür aus den Angeln. Er hielt die Waffe beidhändig und suchte nach einem Ziel.

Das Quartier war unbewohnt, aber hell erleuchtet. Die Fensterläden eingeklappt. Verbrauchte, modrige Luft. An der Wand über dem Waschbecken der gleiche Spiegel wie in seinem Zimmer.

Er trat heran und war nicht allzu sehr erstaunt, dass er durch dieses Spiegelglas eine komplette Sicht in sein Appartement hatte. Es handelte sich um einen Hohlspiegel, der nur von einer Seite durchschaubar war. Um die gezackte Bruchstelle zeigten sich Schmauchspuren. Hier stand der Killer, unsichtbar hinter der Scheibe, und erschoss Laurel Walker.

Überaus nachdenklich trabte Welden in seine Kammer zurück.

Dort wartete die nächste Überraschung auf ihn. Die tote Laurel Walker war verschwunden. Wie vom Erdboden verschluckt. Irgendwer hatte den Leichnam in den wenigen Minuten weggeschleppt, die Welden benötigte um in die Nachbarwohnung zu gelangen und wieder zurückzukehren.

***

Jeck Born konzentrierte Geist und Körper. Er horchte in die grenzenlose Finsternis hinein.

Er war vorbereitet. Und trotzdem hatte er keine Chance. Das Unheil kam wie ein Laserstrahl. Er konnte ihn nicht hören und nicht sehen und nicht abwehren.

Als die Luft säuselte und ein Windhauch seine Wange tätschelte, war alles zu spät.

Die Hanfschlinge wickelte sich um seinen Hals.

Fremder, frostharter Atem im Nacken. Die Schlaufe schnürte ihm die Luft ab.

Jeck Borns Kampf ums nackte Überleben begann.

***

Nur noch 28 Stunden bis zum Ablauf der Frist. Die Zeit verrann und Welden konnte nichts anderes tun wie abwarten. Rauchend lehnte er an der Balkonbrüstung. Der Nachthimmel war bewölkt und sternenlos.

„Ruf schon an, Whiteman. Bringen es wir zu Ende", sagte Welden laut.

Aber das Telefon schwieg beharrlich.

Missmutig ging er in das Zimmer zurück, marschierte rastlos auf und ab und ging abermals auf den Balkon.

Er schaute in den dunklen Gebäudehof. Unter dem Vordach des Hauseinganges stützte sich eine finstere Gestalt am Tragbalken ab. Die Silhouette harrte dort seit einer geschlagenen Stunde wie festgewurzelt. Nur eine brennende Zigarette erhellte von Zeit zu Zeit das bleiche Gesicht. Doch die Entfernung war zu weit und die Sicht zu schlecht um Einzelheiten zu erkennen. Bewachte der Mann den Rückhof oder war er nur ein harmloser Hotelgast?

Welden entschied der Sache auf den Grund zu gehen. Er schnippte die halbgerauchte Zigarette über die Barriere, beobachtete wie der rotglühende Punkt durch die Nacht kreiste und in der Tiefe verlöschte. Dann nahm er den Revolver, prüfte die Freigängigkeit der Trommel und die Munition, steckte ihn ein und verließ das Apartment.

Weder in den Gängen noch in der schwach beleuchteten Hotelhalle begegnete ihm ein Gast. Auch der Empfang war unbesetzt.

Lediglich eine matte Deckenlampe bestrahlte unzureichend den schmalen Korridor zum Hinterausgang. Der verschlissene Teppichläufer milderte Weldens Schritte. Mit einer Hand umfasste er den Revolverkolben, mit der anderen deckte er das Sakko darüber. So trat er in den düsteren Hof hinaus.

Der Mann mit der Zigarette war nicht mehr da. Am Steinboden ein ausgetretener Stummel, der noch leicht schwelte.

Gründlich blickte Welden um sich.

Überquellende Mülltonnen, Schrott und altes Gerümpel, fette, übersättigte Ratten. Ein stinkiger, verlotterter Hinterhofplatz.

Wachsam, weiterhin die Hand am Revolver, ging Welden über den geteerten Hof zur Straße.

Es war nicht mehr lange bis Mitternacht hin. Nur ein einsames Freudenmädchen hielt noch Ausschau nach einem spendablen Kunden. Und der blinde Exsoldat sang trotz vorgerückter Stunde unverdrossen, Blowin in The Wind'.

Vor dem Motel parkte der Alfa Romeo von Laurel Walker hinter seiner Corvette.

Einem Impuls nachgebend schlenderte Welden zur Corvette und nahm am Lenkrad Platz.

Die ältere Dirne erspähte ihn und trippelte auf hohen Stöckelschuhen auf den Wagen zu.

„Hallo, Darling, wie wär's mit uns?" rief sie von weiten.

Welden startete den Achtzylinder. Eine gewaltige Rußwolke pufffte aus dem Endschalldämpfer

Jetzt klopfte das schrill gekleidete Straßenmädchen an das Seitenfenster und drückte den gewaltigen Busen gegen die Scheibe. „He, Baby, für zehn Mäuse mache ich dich glücklich."

Rücksichtslos fuhr Welden an und manövrierte die Corvette aus der Parklücke.

Das Mädchen hüpfte zur Seite und schimpfte wie ein Rohrspatz.

Welden gab Gas. Und wieder bemerkte er den neuen Verfolger nicht, der an seiner Stoßstange hängte. Es war ein dottergelber Ford Mustang.

***

Jeck Born japste nach Luft. Aber da war keine. Unerbittlich drosselte ihm die Schlinge den Hals ab. Das Herz raste und der Brustkorb schien zu bersten. Bunte Kreise tanzten vor den Augen. Verzweifelt versuchte er die Finger zwischen Schnur und Kragen zu schieben.

Er spürte wie das Seil in die dünne Haut schnürte und winzige Blutstropfen hervorquellten.

Schwer schnaufte der Mörder hinter ihm.

Wild schlug Born mit den Armen um sich und strampelte mit den Füßen. Doch er schadete sich nur selber. Immer enger zog sich die Schlaufe zu. Die Lunge und der Kopf drohten zu platzen. Der Mund schrie lautlos nach Sauerstoff.

Einzig das Gehirn arbeitete noch.

„Das Messer, du hast ein Messer im Strumpf", funkte sein Verstand. „Nimm es dir!" Fieberhaft fingerte er nach dem Schienbein. Aber die Hände reichten nicht heran. Das straffe Seil hielt ihn zurück. Vehement kämpfte er dagegen. Er rammte den Ellenbogen nach hinten und für Sekunden lockerte sich die Schlinge. Endlich es gelang Born das Klappmesser zu ergreifen und er hätte beinahe einen Jubelschrei raus gebrüllt. Gleichwohl drang nur ein undefinierbarer Laut aus seinem Schlund. Er ließ die Klinge aus der Arretierung springen und stieß sie blindlings nach hinten in die Körperseite des unbekannten Widersachers.

Ein schmerzhafter Schrei antwortete und der Strick um den Kehlkopf entkrampfte sich. Sofort stach Born nochmals zu.

Durch die plötzliche Befreiung schnellten beide Körper in gegensätzliche Richtungen auseinander. Der Schwung trieb Born nach vorne und er stürzte ungebremst auf das Gesicht. Pfeifend saugte er die Luft ein.

Hinter ihm ein böser, fassungsloser Ausruf. Ein dumpfer Aufprall.

Apathisch rieb Born die Stirn auf dem kühlen Kellergestein. Die Kehle brannte, abgehackt und heftig atmete er aus und ein. Der Brustkorb hob und senkte sich. Born verspürte die Genugtuung nur ganz kurz. Denn eigentlich war er schon halbtot. Doch das Unterbewusstsein signalisierte ihm, der Kampf war noch nicht vorbei. Keine Zeit zum Ausrasten, keine Zeit zum Verschnaufen.

Der Tod war weiterhin nicht besiegt.

Schwerfällig wälzte sich Born herum und hechtete mit dem Messer in der Hand in das rabenschwarze Nichts. Dorthin, wo er den verwundeten Feind vermutete. Er landete auf einen menschlichen Korpus. Postwendend wickelten sich zwei Arme wie Polypenwulste um seinen Rumpf und pressten ihm die restliche Luft aus der Lunge. Die Rippen knackten vernehmlich.

Ein widerlicher Mundgeruch wehte Born entgegen. Dazu ein triumphierendes Gekeuche.

Er grapschte in ein bartloses Gesicht. Gewaltsam drückte er den fremden Schädel beiseite und stach dann einfach zu. Einmal, zweimal, dreimal. Blut spritzte ihm über die Fingerknöchel, besprengte sein

Hemd und die Brust. Der anonyme Rivale gab nur noch einen seltsamen, brodelnden Ton von sich. Nicht allzu laut.

Kraftlos rutschten die Gliedmaßen von Borns Nacken. In dem Moment, als er glaubte es geschafft zu haben, versuchte der Sterbende ihn nochmals zu umklammern. Born rammte ihm das Messer bis zum Heft in das Herz. Er kugelte von dem Leblosen weg und rang nach Sauerstoff. Der Rückenwirbel gestaucht, der Hals geschwollen, überall mit Blut besudelt, und trotzdem war alles nicht so schlimm. Denn er lebte.

Nach einiger Zeit öffnete er die Augen und kniff sie wieder zu. Irisierendes Neonlicht blendete ihn. Er wendete den Kopf und blickte auf die bewegungslose Gestallt unweit von ihm. Das gelbliche Gesicht eingetunkt in einer riesigen Blutlacke. Klaffende Stichwunden um die Kehle und im Herz steckte ein Messer.

Der Japaner Sukutscho würde niemanden mehr foltern. Er war tot. Ausgeblutet.

Irgendwie rappelte sich Born hoch. Er fühlte sich, als wäre er unter eine Dampfwalze geraten. Jede Sehne und jeder Nerv brannte wie die Hölle. Die Atemwege schmerzten und der Puls kochte bis zum gewürgten Hals.

Und die Infrarotkamera hatte jedes Detail aufgezeichnet.

***

Standing Ovation in dem feudal eingerichteten Gesellschaftsraum. Enthusiastisch klatschten die dreizehn Gäste Beifall.

Im Saal waren vier überdimensionale Fernsehmonitore verteilt. Alle hatten den mörderischen Zweikampf zwischen Jeck Born und Sukutscho live gesendet. Die Filmkamera sendete phantastische Aufnahmen.

Ein kleiner, dicker Mann hob das volle Sektglas und jubelte begeistert dem Gastgeber zu: „Großartig, einfach großartig. Das war das beste Duell seit langer Zeit. Was für ein herrlicher Kampf. Sie haben sich wieder einmal übertroffen, Mr. Whiteman."

„Dieser Jeck Born ist einfach fabelhaft. Der härteste Kämpfer, den Sie jemals hatten. Er schaffte sogar unseren Iron Man Sukutscho", lobte ein anderer und biss schmatzend in den Hummer.

Whiteman schaltete die Monitore aus und die Bildschirme verdunkelten sich.

„Glauben Sie mir, Lady and Gentlemans, das war nur der Anfang. Die Aktion ist steigerungsfähig", sagte er kühl.

„Wann ist das Finale?"

„Nur Geduld, meine Freunde. Wenn alles nach Wunsch läuft, ist morgen Nacht das Endspiel. Freund gegen Freund. Steven B. Welden gegen Jeck Born. Die Wetten werden angenommen. Mich entschuldigen Sie bitte. Trinken und speisen sie so viel sie wollen. Genießen Sie Champagner und Kaviar. Das ist in ihrem Pauschalpreis dabei."

***

Unvermittelt füllte eine Männerstimme das Gefängnis. Blechern und schleppend, als spulte ein Tonband mit halber Kraft, weil die Batterien schwächelten.

Born ortete einen Lautsprecher in einem oberen Winkel des Plafonds und die kleine Kamera mit dem roten Licht.

„Bravo Mr. Born, Sie sind ein widerstandsfähiger Bursche", applaudierte die Stimme. „Ich gebe zu, ich habe Sie unterschätzt. Sie machen mir viel Freude. Sukutscho hätte Sie nicht umgebracht. Er sollte Ihnen nur Furcht und Schrecken einjagen und Ihren nahen Tod ein bisschen schmackhaft machen. Noch nie verlor Sukutscho in diesem Keller einen Kampf Mann gegen Mann. Nun fand er seinen Meister. Schade um ihn. Er war ein guter Krieger. Doch freuen Sie sich nicht zu früh, Mr. Born. Das Spiel ist noch nicht gewonnen. Ich habe noch einige Überraschungen für Sie parat. Viel Glück morgen im Finale!"

Ein Rauschen im Lautsprecher. Stille kehrte wieder ein.

Ausgepumpt kippte Born rückwärts an die Mauer. Was für ein Alptraum. Nahm der denn niemals ein Ende?

Irgendwann, ihm war jegliches Zeitgefühl verloren gegangen, bewegte er sich wieder. Er robbte zu dem getöteten Japaner. Sukutscho hatte einen 38 Browning Colt eingesteckt. Born klappte die Trommel heraus. Vollgeladen.

Der Lautsprecher plärrte: „Die Kanone wird Ihnen nicht zum Vorteil sein. Sie müssen Ihren Verstand aktivieren..."

Grimmig feuerte Born zwei Schüsse in die Box und in die Filmkamera. Schlagartig starb die Stimme und das rote Licht erlosch.

Befriedigt lächelte Born. Nach einer Weile kroch er zum Kellerausgang und hangelte sich an der Türklinke hoch. Wider Erwarten war der Raum nicht mehr verriegelt und er torkelte in den finsteren Flur, an dessen Ende eine Steintreppe nach oben führte.

Dann erneut eine verschlossene Pforte. Hier endete der Weg und Born stieg die Treppe wieder hinunter.

In dem düsteren Kellergang entdeckte er weitere drei Verliese. Keine Tür lotste ihn in die Freiheit. Gab es aus diesem verdammten Gebäude überhaupt keinen Weg nach draußen? Jeder Zugang eine Sackgasse. Das Haus ein tödliches Labyrinth?

Impulsiv schrie Jeck Born in den leeren Gang: „He, Whiteman, du verfluchter Hurenbock!" Ihm war es egal, ob er weiterhin beobachtet oder gefilmt wurde. Wahrscheinlich war irgendwo noch eine weitere Kamera installiert. „Hörst du mich, du Bastard, mich wirst du nicht kleinkriegen. Auch wenn du die Regeln bestimmst. Ich werde dein infames Spiel gewinnen und dir die Eier abschneiden."

Ein höhnisches Gelächter schallte von den Wänden.

Aus dem Nichts sprang ihn ein Schatten an. Jeck Born hatte keine Möglichkeit zu reagieren. Er verlor das Gleichgewicht, rumpelte gegen eine nachgebende Tür und purzelte in einen lichtlosen Raum.

Geräuschvoll schlug der Verschlag zu.

„Nicht schon wieder", entfuhr es Born. Er rüttelte an der Tür. Abgesperrt. Von neuem gefangen. Er griff zum Colt und wendete sich um die eigene Achse.

Vor Schreck blieb ihm fast das Herz stehen. Beinahe hätte er drauflos geballert. Doch dann grinste er fratzenhaft.

Wie schwerelos schwebten unzählige schneeweiße Menschenskelette zwischen Fußboden und Decke. Die nackten Totenschädel klickten hin und her und in den tiefen Augenhöhlen leuchtete ein gelbrotes Phosphorfeuer.

Etliche Sekunden brauchte Born, bis er begriff, die Knochengerüste hingen an dünnen Drahtseilen, die in der Finsternis kaum zu erkennen waren. So sah es aus, als tanzten die Gerippe frei im Raum.

Sarkastisch sagte Born: „Du bist wirklich ein Scherzbold, Whiteman!"

Das Kellergewölbe war vollgepfropft mit fliegenden Skeletten. Beim leisesten Lufthauch schepperten sie aneinander und die zahnlosen Münder schienen hämisch zu kichern.

Entnervt schob Born den Revolver ein. Er bahnte sich eine Schneise durch die herunterbaumelnden Kunststoffgebeine.

Wahrlich, Whiteman besaß Sinn für makabren Humor. Aber dann spürte Born körpernah, dass hinter den feixenden Totenköpfen mit den unheilvoll glühenden Augenlöchern das nächste Grauen auf ihn lauerte.

Er teilte die letzten Knochengerüste.

Abermals stockte ihm der Atem.

Eingefrorenes Lächeln, wachsbleiches Antlitz, starre Pupillen. Am Hals aufgeknüpft, das Stilett noch in der Kehle, pendelte Sukutschos blutüberströmter Leichnam von der Decke und streckte Born wie zum Hohn die rosa Zunge aus.

Was für eine Perversion. Whitemans Gehirn musste krank sein.

Hinter Born säuselten die künstlichen Knochen eine nervenaufreibende Melodie. Ein Gänseschauer jagte ihm über den Rücken und die Nackenhärchen richteten sich auf.

Wiederholt kauerte er sich in eine Ecke des Verlieses. Diesmal unterdrückte er die Panik. Der Puls normalisierte sich. Die Furcht wurde weniger.

Whiteman sprach von einem Finale.

Allmählich verloren die elfenbeinfarbenen Gerippe ihr furchteinflößendes Gebaren. Die funkelnden Augen ängstigten ihn nicht mehr.

Die eigentliche Gefahr hockte sprungbereit irgendwo in der schwarzen Finsternis.

Jeck Born legte den Revolver in den Schoß. Er würde sich nicht mehr übertölpeln lassen. Nun war er gewappnet.

Whiteman, du kannst kommen. Ich bin hier.

***

Auf direktem Weg fuhr Steven B. Welden in die Tremont Avenue. Eigentlich war er sich nicht klar, was er hier suchte. Aber er konnte die Stunden bis zum Ultimatum nicht untätig verstreichen lassen. Irgendwas musste er unternehmen.

Das Geschäftshaus war zu dieser mitternächtlichen Stunde so gut wie ausgestorben. Lediglich hinter vereinzelten Fenstern brannte noch Licht. Niemanden traf er an.

Der Eingang war weiterhin nicht abgesperrt. Rasch huschte er in das Vorzimmer. Ohne Licht zu machen schlich er in das Büro. Erst dort drückte er den Lichtschalter.

Der tote Neil Lincoln lag noch immer zusammengebrochen über seinem Schreibtisch. Mit einer großen Blutlache unter dem Kopf. Systematisch begann Welden das Office zu durchkämmen. Er fand nichts Aufschlussreiches, lediglich einen abgeschlossenen Aktenschrank.

Er entdeckte in einer Schreibtischschublade einen Schlüsselbund und probierte die Schlüssel. Einer passte um den Metallspint zu öffnen.

Ordentlich eingereihte Schriftmappen, lose Blätter, Aufzeichnungen und Notizen, Baupläne und Grundstückspreise. Nicht irgendein Hinweis, der ihm weiterhelfen konnte. Ein Telefonbuch mit eingelegten Lesezeichen. Er nahm es heraus und klappte es auf.

Die Sparte Privatdetektei war vorgemerkt. Rotunterstrichene Namen. Ermitlungsagentur Apade & Winner; Boogey & Wolff; Longway & Hanks; und als letztes Welden & Born.

Hinter den ersten drei Kanzleien war jedesmal ein fettes schwarzes Kreuz gemalt. Was bedeutete das? Warum waren die Namen markiert? Welden fielen Whitemans Worte ein: „Ich habe das Branchenbuch unter der Rubrik Detektei aufgeschlagen und blind auf einen Namen getippt. So kam ich auf Sie!"

Total verrückt, ein Wahnsinniger, der serienweise Privatdetektive killte?

Welden trennte die Seite mit den angekreuzten Namen aus dem Wälzer und steckte sie in das Jackett.

Plötzlich ertönten Schritte hinter ihm und er wollte sich umdrehen.

Eine entschlossene Stimme schnarrte: „Keinen Bewegung, Mister. Die Pfoten hoch und auf den Boden mit dir. Denk daran, der leiseste Furz und mein nervöser Zeigefinger macht sich selbständig."

Wie ein Denkmal verharrte Welden: „Wie soll ich mich hinlegen, wenn ich mich nicht bewegen darf?"

„He, du bist ein Scherzkeks, was? Merk dir, wir erzählen hier die Witze. Also tu einfach was ich sage, Mörder. Auf den Bauch mit dir und alle viere ausstrecken."

Aufreizend bedächtig knickte Welden in die Knie: „Wieso Mörder? Ich habe nichts Gesetzwidriges getan, Jungs!"

„Natürlich, du Arschloch. Der Mann am Schreibtisch und die Lady in deinem Auto haben sich aus purer Langeweile selbst eine Kugel in das Gehirn geblasen."

Umständlich legte sich Welden auf den Bauch. Ein Mann näherte sich ihm.

„He, Jungs, gibt acht, nicht das eure Bleispritzen aus Versehen losgehen", mahnte Welden.

„Schnauze Mann! Die Hände auf den Rücken!"

„Jungs, ich habe Lincoln nicht umgelegt. Ehrlich, er war bereits tot, als ich hier reinkam. Ich wollte ihn nur besuchen. Und von einer toten Frau in meinem Auto weiß ich gleich gar nichts."

Nicht gerade zimperlich kniete sich der Mann auf Weldens Schulterblatt, zerrte ihm die Arme nach hinten und fesselte ihn mit Handschellen. Geschickte Finger klopften seinen Körper ab und fanden den Revolver. „Was haben wir den da, du Unschuldsengel? Eine niedliche Kanone!"

„Ich kann das alles erklären..."

„Da bin ich mir sicher, dass du das kannst."

Der Cop, jedenfalls vermutete Welden, dass es einer war, obwohl er ihn noch nicht zu Gesicht bekam, entdeckte auch die beiden zerknäulten Schreiben von Whiteman, sowie die herausgerissene Telefonbuchseite. „Die trägst ja interessante Dinge bei dir. Wollen mal sehen."

Er glättete die Papiere und las laut vor. Abschließend sagte er respektvoll: „Mr. Welden, du steckst ganz tief in der Scheiße. Das sind ja zwei Mordbefehle. Und wie es aussieht hast du sie bereits vollstreckt. Auch die angekreuzten Namen auf diesem Telefonblatt sind hochbrisant. Die sechs Detektive wurden innerhalb sechs Monaten tot aufgefunden. Die Ermittlungen verliefen alle im Sande. Wir glaubten bis heute, dass sie sich gegenseitig umbrachten. Ich glaube, wir haben uns geirrt. Du wolltest dir die unliebsame Konkurrenz vom Leib schaffen, was? Es gibt zu viele Detektive in der Stadt, die das Geschäft verderben. Man musste das Angebot reduzieren."

„Sie reden gequirlte Scheiße, Mann", sagte Welden. „Mein Name steht auch auf der Liste. Ich beseitige mich doch nicht selber."

Rücksichtslos schleifte ihn der Polizist an den Handschellen hoch. Schmerzvoll schnitten die Metallringe in die Haut. Er drückte Welden an den Aktenschrank, trat einen Schritt zurück und musterte ihn ausgiebig von oben bis unten.

Welden sah einen uniformierten, korpulenten Streifenbeamten vor sich stehen. Dahinter, mit Sicherheitsdistanz, ein weiterer Polizist, der die Dienstwaffe beidhändig in Anschlag hielt.

„Ich glaube, Vince, da ist uns ein dicker Fisch ins Netz geschwommen", sagte der übergewichtige Cop. „Du hast zwei Menschen hingerichtet, Welden. Womöglich sogar acht, wenn ich die Detektive dazu rechne. Um was geht es? Erleichtere dein Gewissen? Geht es um Geld, um Machtkämpfe? Wer hat dich für die Morde gekauft? Hier steht was von Whiteman? Ist das dein Boss?"

Wahrheitsgemäß antwortete Welden: „Ich bin Privatdetektiv. Mein Partner ist von Whiteman entführt worden und schwebt in Lebensgefahr. Deswegen suchte ich Mr. Lincoln auf. Ich erhoffte mir von ihm Informationen über Whiteman und den Verbleib Jecks."

„Wunderschöne Geschichte. Aber ich sage dir, wie es wirklich war. Du stürmst heute Nachmittag in Lincolns Büro und tötest ihn. Aber die Sekretärin kommt dir dazwischen und wird Zeugin deiner abscheulichen Tat. Du kidnappst die Frau und fährst sie zu ihrer Wohnung. Dort vergewaltigst du sie. Aber du tötest sie nicht, sondern drohst ihr mit dem Tod, wenn sie redet. Du fährst nach Hause und merkst nicht, dass Laurel Walker dir folgt. Von einer Telefonzelle ruft sie im Dezernat an und verrät uns wo du dich versteckst. Nämlich im Belvedere. Wir sagten, sie sollte nichts unternehmen, bevor wir nicht da sind. Aber als ein Streifenwagen von uns im Motel eintrifft, bist du und Laurel Walker verschwunden. Du hast Miß Walker mit einem Kopfschuss getötet und in deine Corvette verfrachtet, um die Leiche später zu entsorgen. Aber zuerst musstest du noch die Spuren des bestellten Mordes an Lincoln vertuschen. Du wartest bis Mitternacht, brichst in das Büro ein und wir erwischen dich in flagranti."

„So einen hanebüchenen Unsinn habe ich noch nie gehört", sagte Welden kopfschüttelnd.

„Dein Pech war, dass wir bei unserer Nachtpatroille deinen Chevy unten vor dem Haus sahen. Der Kofferraum war nicht ganz geschlossen. Die Hand der toten Laurel hatte sich eingezwickt. Gottseidank haben wir dich geschnappt bevor du das Weite suchen konntest. Okay, Mr. Welden, genug gequasselt. Wir verhaften dich wegen dringenden Tatverdachts. Alles was du jetzt sagst, kann gegen dich verwendet werden..."

Verdammt, wenn ihn die Cops abführten, war alles vorbei. Und für Jeck gab es keine Rettung mehr.

Hastig sagte Welden: „Ich habe Lincoln nicht abgeknallt. Das war Laurel Walker selbst. Sie rächte sich an ihm, weil er sie mehrmals vergewaltigte."

Anerkennend lächelte der dicke Polizist: „Donnerwetter, das ist ja eine ganz neue Sichtweite. Du hast es drauf, Welden. Laurel Walker hat also Lincoln gekillt, anschließend legt sie sich in deinen Wagen und schießt sich selbst eine Kugel ins Gehirn. Das ist Klasse, Mann! Sieh mal im Schreibtisch nach, Vince."

Der zweite Cop, der noch kein einziges Wort gesprochen hatte, schob den Colt in den Hüfthalfter und stiefelte an das Pult. Er zog sämtliche Schubläden heraus.

„Bingo!" sagte er mürrisch und hob mit dem Bleistift einen Revolver am Abzugsbügel hoch. Er roch an der Mündung. „Damit ist geschossen worden. Vier Patronen fehlen aus der Trommel."

Sorgfältig verstaute er die Waffe in einen Plastikbeutel.

„Was sagst du nun, Mister Welden?" grinte der Stiernackige. „Ist das auch dein Schießeisen?"

Argwöhnisch fragte dieser: „Was treibt ihr für ein Spiel mit mir? Ich lege doch nicht die Tatwaffe in das Schubfach meines Opfers. He, seit ihr wirklich Bullen?"

„Verlass dich darauf, mein Junge. Wir sind Bullen. Wir sind die Guten und du bist der Böse."

„Ritchie, schau dir das mal an", sagte der spindeldürre Vince.

Der fette Polizist ging zu seinem Partner und blickte in die ausgefahrene Schublade.

„Für was hältst du das?" fragte Vince.

Ritschie setzte seine Brille auf und sagte: „Das ist ein **W**. Eindeutig!"

„Und was schließen wir daraus?"

Ausgesprochen milde betrachtete Ritschie den unbeweglich dastehenden Detektiv. „Lincoln konnte noch den Anfangsbuchstaben seines Killers aufzeichnen. Ein wunderbares **W**. Das soviel wie Welden bedeutet, oder was glaubst du, Vince?"

„Bin ganz deiner Meinung, Ritschie."

„Gehen wir!" knurrte der Cop und stieß Welden unsanft aus dem Geschäftszimmer.

Unten auf der Straße stand der Polizeiwagen mit eingeschaltetem Blaulicht. Dicht hinter Weldens Corvette, deren Kofferraumdeckel wegen einer eingeklemmten Hand einen Spalt breit hochstand.

„Kann ich die Frau sehen?" fragte Welden leise.

„Du willst dich daran ergötzen, was? Meinetwegen, schau dir das arme Ding an. Für dich ist der elektrische Stuhl viel zu human!"

Ritschie verabreichte Welden einen groben Rempler.

Der strauchelte gegen das Wagenheck und hob den Deckel.

Wie verendetes Vieh hatte man Laurel Walker in den engen Gepäck-raum gezwängt. Damit die Leiche hinein passte wurden ihr sogar eini-ge Knochen an Armen und Beinen gebrochen.

Rüde zogen ihn die Cops vom Wagen weg und beförderten ihn auf die Rückbank ihres Dienstfahrzeuges.

Verflucht, das kann es doch nicht gewesen sein. Sollte er sich so ein-fach gefangen nehmen lassen? Was für eine Vision. Das war doch ein abgekartetes Spiel. Er landete in der Todeszelle und Jeck wird von Whiteman ausgemustert. War alles verloren?

Die beiden Polizisten plazierten sich auf den Vordersitzen.

In diesen Moment rollte ein Wagen mit aufgeblendeten Scheinwerfern ganz dicht an das Heck des Einsatzfahrzeuges.

Welden blickte durch die Rückscheibe. Das Fernlicht blendete zu stark, um etwas zu erkennen. Als Ritschie den Zündschlüssel drehte, kollidierte der Hinterwagen mit der Stoßstange und ein leichtes Ru-cken erschütterte die Insassen.

„Dieser Vollidiot", schimpfte Ritschie. „Der ist zu blöd zum Autofah-ren."

Im reflektierenden Scheinwerferlicht erkannte Welden zwei Personen, die aus dem Fahrzeug stiegen und nach vorne kamen. Er sagte zu den Cops: „Das sieht nicht gut aus, Jungs. Lasst uns die Kiste in Schwung bringen und schleunigst eine Fliege machen. Das riecht nach Trouble."

„Halt die Fresse, Welden! Dich fragt keiner!"

Eine Silhouette erschien an der Beifahrerseite und pochte an die Sei-tenscheibe.

Fast gleichzeitig meldete sich eine Stimme aus dem Polizeifunkgerät: „Wagen 44, seit ihr weiterhin in der Tremont Avenue? Was ist mit der

Toten im Chevy? Braucht ihr Hilfe? Unternimmt keine waghalsigen Aktionen. Wir schicken einen zweiten Streifenwagen."

Der wohlbeleibte Ritschie legte den Revolver auf das Armaturenbrett und angelte nach dem Mikrofon, während sein wortkarger Kollege die Fensterscheibe herunter kurbelte.

Ein freundliches Gesicht tauchte im Fensterrahmen auf und sagte entschuldigend: „Guten Abend, Officer. Tut mir leid, ich habe aus Tolpatschigkeit euer Hinterteil beschädigt. Das wird selbstverständlich meine Versicherung übernehmen. Hier ist meine Karte."
Über dem gebeugten Rücken des Mannes lächelte ein zweites Antlitz in den Innenraum.

'Hundekacke', blitzte es durch Weldens Hirn. 'Das sind doch Kiefer Sutheroon und Jeff Riser. Die falschen Bullen aus dem Belvedere.'

Intuitiv warnte er: „Passt auf, Jungs. Das sind zwei Killer!"

Da schob Riser den Revolverlauf unter Sutheroons Arm hindurch und eröffnete gnadenlos das Feuer.

Die beiden Polizisten waren chancenlos. Schüsse peitschten durch das Wageninnere. Ritschie konnte nicht mehr nach seiner Waffe greifen. Eine Bleikugel zerfetzte ihm die Halsschlagader, zwei andere durchlöcherten seinen Oberkörper. Blut platschte an die Windschutzscheibe. Leblos prallte der Torso auf das Lenkrad.

Auch Vince reagierte viel zu spät. Riser tötete ihn mit einem Schuss in die Stirn und einen in das Herz.

Danach war Sargstille. Beizender Pulvergestank brannte in den Augen und vermischte sich mit frischem Blutgeruch.

Die tödliche Ruhe wurde durch das Quaken aus dem Funkgerät jäh unterbrochen: „He, Wagen 44, Ritschie und Vince, warum antwortet ihr nicht? Gebt uns Nachricht!"

Weit bückte sich Riser in den Wagen und fischte nach dem herunterhängenden Mikrofon. Er drückte die Sprechtaste und sagte ungerührt: „Die Kollegen von Wagen 44 machen Feierabend. Gute Nacht, ihr Scheißbullen!"

„Zum Teufel, wer spricht da...?"

Ruckartig riss Riser das Verbindungskabel aus der Verankerung, warf das Mikrofon und den Revolver auf den Fahrzeugboden

Sutheroon öffnete dann die hintere Wagentür, um Welden aussteigen zu lassen und ihn freundlich zu begrüßen: „Was für eine Freude dich wiederzusehen, Mr. Welden. Komm raus, in ein paar Minuten ist hier die Hölle los und es wird vor Cops nur so wimmeln. Verschwinden wir lieber!"

Durch das Gemetzel wurde auch Welden vom Blut bespritzt. Er wischte sich mit dem Jackenärmel über das Gesicht und schlängelte sich ins Freie. „Ihr seit blutdürstige Wahnsinnige", sagte er wütend. „Ihr habt die armen Schweine abgeknallt wie Stallkaninchen."

„Na und? Wen juckt das? Wäre es dir lieber gewesen, sie hätten dich eingekerkert und auf dem elektrischen Stuhl schmoren lassen? Jetzt bist du einer von uns!"

„Okay, wenn das so ist, befreit mich wenigstens von den Dingern.", sagte Welden und zeigte die Handschellen an Gelenken.

Mit falschen Bedauern meinte Riser: „Später, das hat Zeit. Als erstens sollten wir schnellstens abhauen!"

Irgendwo in der Ferne heulten Polizeisirenen. Dem Lärm nach musste eine ganze Kolonne unterwegs sein.

Sutheroon startete bereits den gelben Ford Mustang, mit dem sie den Streifenwagen angerempelt hatten und winkte den Beiden zu: „Beeilt euch, ich habe keine Lust auf ein Schießgefecht mit tausend Bullen."

Welden und Riser saßen noch gar nicht richtig, da ließ Sutheroon die Hinterräder durchdrehen und preschte mit Vollgas die nächtliche Tremont Avenue hinunter, schlitterte reifenquietschend in die Third Avenue und raste über den Cross Bronx Expressway. Dort kam ihnen eine Lichterkette von mindestens fünfzehn Polizeiwagen entgegen. Blaulichter ohne Ende.

„Arschgeigen", grunzte Sutheroon und zeigte ihnen beim Vorbeifahren den Mittelfinger. Er driftete am Crotana Park vorbei, dann auf dem Bruckner Expressway in Richtung Randalls Island am East River.

Allmählich verzögerte er die Geschwindigkeit und fuhr das vorgeschriebene Tempolimit.

„Wo bringt ihr mich hin, Jungs? Zu Whiteman?" Im Mundwinkel wippte eine rauchende Zigarette, die ihm Riser in freundlicher Weise zugesteckt und angezündet hatte.

„Neugierige sterben früher! Lass dich einfach überraschen", murrte Sutheroon.

Unbeirrt fragte Welden weiter, während der Rauch in seine Augen biss: „Wer hat Lincoln kaltgemacht und im Schreibtisch meine Knarre hinterlegt? Laurel oder ihr? Und wer erschoss Laurel und verstaute die Leiche in meinen Kofferraum?"

„Das blöde Weib ist durchgedreht und hat Lincoln umgenietet, bloß weil der sie etwas brutal vögelte. Mann, deswegen bringt man doch niemanden um, oder? Laurel war nur ein billiges Flittchen. Sie gab sich kalt wie eine Hundeschnauze, dabei war sie ein richtiges Sensibelchen."

„Und trotzdem musste sie mundtot gemacht werden?"fragte Welden.

„Sie hätte Lincoln nicht töten sollen. Das war deine Aufgabe. Aber du hast auf der ganzen Linie versagt. Auch den zweiten Auftrag, nämlich

Laurel zu töten, hast du nicht ausgeführt. Tya, darum mussten wir eingreifen."

„Tut mir ehrlich leid, Jungs."

Fragend blickte Riser seinen Kumpan an: „Meinst du, Whiteman hat etwas dagegen, wenn wir unseren Freund vollständig aufklären? Er lebt doch nicht mehr lange und sollte nicht unwissend sterben."

„Ich würde das nicht tun", sagte Sutheroon. „Wir sollten das Whiteman überlassen."

„Na gut, wenn du meinst."

Dann war wieder Schweigen.

Gedankenverloren schaute Welden zum Wagenfenster hinaus.

Also gut, seine Situation war nicht besonders prickelnd. Ein Geschäftsmann wird erschossen im Arbeitszimmer aufgefunden. Und seine Sekretärin im Kofferraum von Weldens Auto. Dazu noch zwei ausgeblutete Polizisten in ihrem Streifenwagen. Und alles wird ihm, Steven B. Welden zugeschrieben. Sämtliche New Yorker Cops werden die Stadt auf den Kopf stellen, um ihn unschädlich zu machen. Als wenn das nicht genug wäre, blieb noch das ungewisse Schicksal von Jeck.

Mann, das waren wirklich nicht seine Tage.

Sie fuhren über die Triborougt Bridge. Tief unten glänzte das ölige Flußwasser des East Rivers.

„Haltet mal an, Jungs. Ich muß pinkeln", sagte Welden unvermittelt.

„Was?"

„Ich mach mir gleich in die Hose. Haltet mal an. Oder ich schiffe euch ins Auto."

„Beherrsche dich, Welden."

Sutheroon bremste das Fahrzeug ab.

103

Widerwillig ließ Riser Welden austeigen und drohte mit der vorgehaltenen Waffe: „Keine Tricks, Mann!"

„He, ich bin gefesselt. Was sollte ich für Tricks auf Lager haben?", wehrte sich Welden und spuckte den Zigarettenstummel aus, bevor ihm die Glut die Lippen verbrannte. Demonstrativ drehte er Riser den Rücken zu. „Schließ mir die Handschellen auf. Wie soll ich mit nach hinten geketteten Händen pinkeln. Oder knöpfst du mir den Hosenlatz auf?"

„Bist du verrückt?" schnappte Riser. „Ich bin doch nicht schwul. Na schön, aber irgendeine faule Bewegung und ich pumpe dich voll Blei."

Gezwungenermaßen löste er eine Stahlfessel von Weldens Handgelenk, nahm einen Sicherheitsabstand ein und richtete weiter die Schusswaffe auf ihn.

Vorsichtig trat Welden an das Brückengeländer und schaute durch die eisernen Gitterverstrebungen in die Tiefe. Beinahe bekam er Höhenschwindel. Gut dreißig Meter unter ihm schimmerte die dunkle Wasseroberfläche. Wie viel Tiefe hatte der East River an dieser Stelle?

„He, Welden, schlaf nicht ein. Wie lange dauert das noch?" Ungehalten lehnte Riser an der Karosserie und brannte sich eine Zigarette an.

Urplötzlich machte Welden Anstalten die mannshohe Balustrade zu erklimmen.

„Verdammt, was hast du vor? Willst du dir den Hals brechen?"

Schwankend, wie ein Tänzer auf dem Seil, balancierte Welden auf der schmalen Brüstung. „Ich will nur prüfen, wie weit es nach unten geht."

„Verdammter Mistkerl, komm sofort da runter!" schrie Riser und schnippte die kaum angerauchte Zigarette weg. Auch Sutheroon hüpfte aus dem Wagen. „Mach bloß keinen Blödsinn!", warnte er.

„Wir sehen uns später, Jungs. Bis dann", lachte Welden, holte tief Luft und sprang ins Ungewisse.

Der Sprung schien ewig zu dauern. Währte freilich nur Sekunden. Dann platschte er mit den Füßen voran in das eiskalte Wasser. Die Wellen schlugen über ihm zusammen und er sank wie ein Stein. Er strampelte mit unorthodoxen Schwimmbewegungen dagegen. Trotzdem glaubte er bis an den Grund des Flusses zu tauchen. Endlich bremsten die Wassermassen seinen Sturz ab. Mit hektischem Beinschlagen arbeitete er sich zurück zur Oberfläche. Allmählich wurde die Luft knapp. Leicht konfus verstärkte er die Bemühungen um hochzukommen. Infolge katapultierte er sich wie ein Delphin aus der Flusstiefe nach oben. Er erbrach die geschluckte eklige Brühe, atmete kurz ein und ging erneut unter. Nach Luft schnappend tauchte er wieder hoch und versuchte krampfhaft den Kopf über Wasser zu halten. Er schwamm auf dem Rücken, versuchte flach und gleichmäßig zu atmen und beobachtete den sternenlosen Nachthimmel.

An der Brückenreling irrten zwei Gestalten hin und her und leuchteten mit einer Taschenlampe in den Fluss hinunter. Aber der Lichtstahl erreichte nicht die Wasseroberfläche.

„Welden, du hast keine Chance. Du wirst uns nicht entkommen. Wir kriegen dich!" tobte eine überlaute Stimme durch die Nacht.

„Dagegen wette ich", sagte Welden zu sich selber und kraulte mit kräftigen Bewegungen zu den nahen Großstadtlichtern. Er musste nicht allzu lange zum Ufer schwimmen. Triefend nass und stark unterkühlt entstieg er dem Fluß. Unter den Schuhen floss das Wasser ab. Er trabte über die Uferstraße in den Schatten einer Lagerhalle.

„Bisschen kalt zum Baden, was Jungchen?"

Ungeschickt schnellte Welden herum.

An der dunklen Gebäudemauer hockte ein fast unsichtbares Subjekt, dick eingemummelt in mehreren Decken. „Willst du einen Schluck aus der Pulle? Wärmt den Magen!" bot es ihm freundlich an.

„Nein, danke", lehnte Welden ab.

„Ich habe hier trockene Sachen für dich, Jungchen. Wenn du willst, tausche ich die gegen deine nassen Klamotten", sagte der vollbärtige Stadtstreicher, entknotete die Schnur um seinen ramponierten Pappkarton und kramte einige löchrige Kleidungstücke hervor. Völlig unerwartet hielt er einen alten Trommelrevolver in der Hand.

„Das ist doch nur ein schlechter Traum", dachte Welden verdattert und entledigte er sich der klatschnassen Gewänder. Er behielt nur die Unterhose an und er fror erbärmlich. Es war unglaublich. Er stand um drei Uhr morgens halbnackt vor einem stinkigen Bettler, der ihn mit einem verrosteten Revolver bedrohte und er verteidigte sich nicht. Er schleuderte die nasse Wäsche vor die Füße des Sitzenden und streifte naserümpfend die trockene, aber verlumpte und modrige Bekleidung über. Der Tippelbruder bemerkte die baumelnde Handschelle an Weldens linkem Armgelenk. „Bist wohl den Bullen abgehauen, was? Gib mir deine Schuhe auch", sagte er.

„Auf keinen Fall", protestierte Welden und der muffige Stoffgestank wurde schier unerträglich.

„Deine Schuhe, Jungchen. Oder willst du, dass ich nach den Bullen schreie? Die sind in zwei Minuten hier. Du kannst ja meine Treter haben."

Zähneknirschend folgte Welden der Aufforderung. Er tauschte seine Slipper gegen die ausgelatschten Turnschuhe des Alten. Übelriechender Schweißgeruch dampfte daraus hoch.

Wütend sagte Welden: „Das nächste Mal, wenn ich dich treffe, reiße ich dir den Kopf ab. Ich schwör's."

„Hau lieber ab, bevor dich die Cops doch noch erwischen. Mach es gut, Jungchen."

Verdrießlich machte sich Welden auf den Weg. Er lief durch die schmalen Rangiergassen der Lagerschuppen.

So bekam er auch nicht mehr mit, wie kurz darauf ein gelber Ford Mustang über den Bordstein bretterte und den Obdachlosen, der gerade dabei war, die erbeutete, wasserdurchweichte Kleidung in den Karton zu stopfen, beinahe überrollte.

Ängstlich zeigte er den fragenden Männern den Weg, den Welden eingeschlagen hatte. Er quetschte mit beiden Armen die Schachtel an seine eingefallene Brust.

Lächelnd tötete ihn Riser mit einer Kugel zwischen die Augen.

„Mit ein wenig Glück schnappen wir Welden in der 8. Straße oder auf der 27.Avenue", sagte Riser und stieg in den Wagen.

Sutheroon wendete und gab Vollgas.

Der Gesuchte hörte den peitschenden Schuss aus nächster Nähe und er befürchtete das schlimmste für den Landstreicher.

Welden war sich sicher, Riser und Sutheroon hatten die Witterung aufgenommen.

Die erste Reaktion war weiterzulaufen. Doch er würde den Verfolgern wahrscheinlich geradewegs in die Arme laufen. Besser wäre es, nach dem Herumtreiber zu schauen. Vielleicht war der lediglich verletzt und er konnte ihm noch helfen.

Schon von Weiten erblickte Welden den leblosen Obdachlosen auf dem schmutzigen Asphalt. Er hielt die Pappschachtel noch fest umschlungen.

Da konnte niemand mehr helfen. Der Mann war tot.

Welden durchwühlte den Karton nach dem rostigen Colt und fand dazu noch einige Centmünzen. Die feuchte Kleidung und die Schuhe nahm er nicht mit.

Überall im Stadtviertel heulten Polizeisirenen.

Er entschied sich für den Weg durch das Ufergebüsch unterhalb der Triborough Bridge. Er ackerte sich durch das Dickicht. Zweige schnitten in sein Gesicht. Auf dem lockeren Erdreich rutschte er öfters aus und landete mit den ausgeleierten Turnschuhen im seichten Wasser. Erschöpft erreichte er den Astoria Park.

Im Osten der Stadt lichtete sich langsam die Nacht. Ein silbergrauer Streifen erhellte den Horizont.

An den Parkenden betrat Welden eine leere Telefonzelle, bezahlte mit den Münzen des Stadtstreichers und wählte eine Nummer. Nach mehrmaligen Anklingelns hob jemand ab und ein schläfriges, mürrisches Männerorgan sagte: „Ja?"

Unwillkürlich hängte Welden ein. Eine Minute rang er mit sich. Dann wählte er nochmals.

Diesmal meldete sich eine schlaftrunkene Frauenstimme: „Hier ist McCormick, wer ist da?"

Er fühlte einen Kloss im Hals. Plötzlich fand er es eine absurde Idee ausgerechnet seine Exgeliebte anzurufen und um ihre Hilfe zu bitten.

„Hallo, wer ist da am Apparat?"

Rau sagte Welden: „Ich...ich bin es, Lady!"

„Wer ist ich? Doch nicht du, Boy? Steven Boy Welden?" Aufeinmal klang ihre Stimme putzmunter. „Verdammt, weißt du wie spät es ist? Was willst du? Seit einem halben Jahr habe ich nichts mehr von dir gehört. Und nun holst du mich mitten in der Nacht aus den Federn?"

Sie wurde richtig wütend. „Ich hoffe, du hast einen triftigen Grund dafür. Aber was es auch ist, ich werde keinen Finger rühren. Du hast mir das Herz gebrochen. Das vergesse ich nicht."

„Ich brauche deine Hilfe, Anett", sagte er leise.

Ihre Wut war so schnell verraucht wie sie gekommen war. „Was ist passiert? Steckst du in Schwierigkeiten?"

„Ein wenig. Jeck ist entführt worden und soll heute Mitternacht getötet werden. Die Polizei fahndet nach mir wegen dreifachen Mordes. Ein Pennbruder beraubte mich meiner Bekleidung und wird erschossen. Zwei Killer sind auf meiner Fährte. Ich sehe aus wie eine aus dem Kanal gezogene Ratte und stinke auch danach. Ansonsten geht es mir gut."

„Oh, Welden, ich glaube das einfach nicht. Warum lässt du mich nicht in Ruhe? Mit dir gibt es nur Trouble!"

„Ich brauche deine Hilfe", wiederholte er, „ich weiß sonst niemanden."

Ein tiefer Seufzer am Leitungsende: „Ich werde es bereuen. Ich weiß, dass ich es tausendmal bereuen werde."

Dann hörte er, wie sie zu jemanden sprach: „Tom, zieh dich an und verschwinde. Ich ruf dich an." Schließlich redete sie wieder mit Welden: „Wo bist du, Boy?"

„Südlich am Astoria Park. Bist du nicht allein, Lady?"

„Das geht dich nichts an. Also gut, Boy. Was bleibt mir übrig? Ich bin in einer viertel Stunde bei dir. See you later, Alligator."

Anett McCormick brauchte etwas länger für die Fahrt. Vor dem Telefonhäuschen bremste sie ihren weißen Dodge Dart ab.

Geduckt eilte Welden aus dem Gestrüpp hervor und setzte sich neben der Lenkerin.

„Hallo, Lady, du siehst gut aus", begrüßte er sie.

„Spar dir dein Geschmuse", sagte die schwarzhaarige Anett und fuhr los. Sie schnupperte mit der Nase. „Du riechst wirklich wie eine Wasserratte. Hast du in der Jauche gebadet?"

Er antwortete ihr nicht gleich. Erst nach einer Weile sagte er: „Es tut mir leid, dass wir uns unter diesen Umständen wiedersehen. Mir wäre auch lieber gewesen, es gäbe einen erfreulicheren Anlass. Gerade deswegen bedanke ich mich bei dir für dein Kommen."

Ruhig erwiderte sie: „Du kannst dich bei mir duschen und umziehen, meinetwegen auch ein paar Stunden ausschlafen. Ich habe noch einige alte Sachen von dir, die du wegen Feigheit nicht abgeholt hast. Doch dann verschwindest du wieder. Sieh zu, dass du dich selber aus dem Sumpf ziehst. Ich will nichts mehr mit dir zu tun haben. Das gibt nur Ärger."

„Was ist mit Tom?"

Mürrisch sagte Anett: „Was soll mit Tom sein? Ich habe dir doch schon am Telefon gesagt, das geht dich nichts an. Mische dich nicht in mein Privatleben. Also lass deine blöde Fragerei."

„Liebst du ihn?"

„Keine Ahnung. Er ist kein übler Kerl."

***

Anett McCormicks kleine Zweizimmerwohnung lag in einer Miethausanlage an der Melrose Avenue.

Dort angekommen befreite ihn Anett von den Handschellen und er verschwand im Bad um sich zu duschen. Derweil entsorgte sie die Lumpenkleidung und die stinkenden Turnschuhe im Mülleimer.

Er trottete mit einem um die Hüfte geschlungenes Handtuch aus dem Bad.

Frischer Kaffeeduft wehte durch das Zimmer. Anett hantierte am Gasherd und brutzelte Eier in der Pfanne.

Die Morgensonne blinzelte durch das Fenster.

Er stellte sich hinter Anett, umarmte sie und schob ihr schulterlanges Haar beiseite und küsste ihren Nacken.

Sie wurde steif wie ein Brett.

„Was ist?" fragte er.

Sie wendete sich in seinen Armen. Ihr ungeschminktes Gesicht war unvergleichlich schön. Die unergründlichen seegrünen Augen blickten ihm auf den Grund der Seele. Zart rot schimmerten ihre weichgeschwungenen Lippen.

„Das ist nicht fair", sagte sie leise und strich eine widerspenstige Locke aus ihrer Stirn. Eine anmutige Geste, die er über alles an ihr liebte. „Bitte, Boy, ich kann das nicht. Das ist einfach nicht fair von dir."

Er ließ die Hände von ihrer gertenschlanken Taille fallen. „Entschuldige", sagte er heiser.

„Setzt dich", forderte sie. „Das Frühstück ist gleich fertig." Sie kehrte ihm den Rücken zu und verrührte die Eier.

Das Essen verlief wortlos.

Er rauchte abschließend eine Zigarette und trank noch eine Tasse Kaffee. „Verdammt lang her, dass wir uns getrennt haben", sagte er. „Ich habe mich oft gefragt, wie es dir wohl geht."

Sie kauerte mit hochgezogenen Knien auf dem Diwan.

„Mir geht es gut", sagte sie und ihre dunklen Augen verschleierten sich. „Ich lebe mein Leben. Habe meine Arbeit, gehe hin und wieder aus, treffe Freunde. Mir fehlt nichts."

Er wollte ihr sagen, wie sehr sie ihm fehlte, wie sehr er sie vermisste und das nach ihr keine Frau mehr so war wie sie. Und das er sie liebte.

Doch stattdessen drückte er die Zigarette aus und stand wortlos auf. Er nahm seine Kleider, die er vor langer Zeit nicht abgeholt hatte, von der Stuhllehne.

Als er angezogen aus dem Badezimmer kam, war der Tisch abgeräumt. Anett hatte geweint. Rasch trocknete sie die Tränen mit einer Papierserviette.

Er tat, als bemerkte er nichts. „Es ist Zeit für mich zu gehen", sagte er. „Ich danke dir für alles, für die Dusche, das Frühstück und die alten Klamotten."

„Du brauchst dich nicht bedanken und du musst auch noch nicht gehen", erwiderte sie und sortierte das abgewaschene Geschirr in den oberen Schrank. „Du siehst müde aus. Du kannst dich hinlegen und versuchen zu schlafen."

„Meinst du das im Ernst?"

Ruhig sah sie ihn an: „Was ist dabei? Wir sind alte Freunde. Ruhe dich aus. Hier wird dich niemand stören. Du bist sicher bei mir. Später erzählst du mir deine Geschichte und wir sehen, was wir tun können."

Verwundert sagte er: „Im Auto hast du anders gesprochen. Du wolltest nichts mit mir zu tun haben. Das gäbe nur Ärger."

„Ja, ich weiß. Ich habe meine Meinung geändert. Was soll's also?"

„Wieso deine plötzliche Sinneswandlung?"

„Verdammt, Boy. Nimm es einfach hin wie es ist. Ich habe keine Lust mit dir über alles zu debattieren. Bleibe hier oder gehe."

„Na schön, wenn es dir egal ist. Dann gehe ich eben!"

Zornesröte erhitzte ihre Wangen. „Ich kann es nicht glauben. Du hast dich kein bisschen verändert. Du bist immer noch der gleiche sture

Maulesel. Erinnere dich, du warst es der gegangen ist, nicht ich. Ich liebte dich und trotzdem hast du mich verlassen. Eigentlich weiß ich bis heute nicht warum. Aber das ist ja nun auch egal. Ich habe es überlebt. Doch nun tauchst du wieder auf und weil du meine Hilfe benötigst. Was erwartest du von mir? Soll ich in Jubelstürme ausbrechen und Halleluja rufen? Ich kann nicht. Und dennoch ist es mir nicht egal, ob du gehst. Bleibe, nimm eine Mütze voll Schlaf und danach reden wir miteinander. Okay?"

„Okay, Lady", lenkte auch er ein. „Es tut mir leid, ich will kein neues Chaos in dein Leben nicht bringen. Lassen wir die Vergangenheit ruhen. Ich weiß, ich bin ein Scheißkerl. Aber habe es schon lange bereut, dass ich dich verlassen hatte. Diese verdammte Eifersucht hat mich aufgefressen."

„Sie war unberechtigt. Da war nie ein anderer Mann. Ich habe dich geliebt", sagte Anett schlicht.

„Ja, das ist mir heute klar."

Am liebsten hätte er sie in den Arm genommen. Doch ihm fehlte der Mut. Schnell wechselte er das Thema: „Arbeitest du immer noch bei der Polizei?"

„Ich bin in der Verwaltung beschäftigt. Warum fragst du?" erwiderte sie irritiert wegen seiner Sprunghaftigkeit.

Er setzte sich wieder an den Tisch. „Irgendwer in New York treibt ein makabres Spiel. Er killt Detektive. Und nun will er Jeck und mich fertig machen. Hast du ein Telefonbuch, ein Blatt Papier und was zum schreiben?"

Sie brachte ihm das Gewünschte. Er blätterte nach den Namen der Kanzleien, die in seiner Erinnerung in Lincolns Telefonbuch mit einem Kreuz versehen waren, schrieb sie auf und schob Anett den Zettel zu. „Diese Männer sind alles Privatdetektive und wenn ich recht habe, sind alle tot", sagte er. „Wenn du mir helfen willst, kannst du dich über sie informieren und feststellen, wann und wo sie ermordet und aufgefunden wurden. Versuche alles über den Stand der polizeilichen Untersuchungen herauszubekommen. Jedes kleinste Detail kann wichtig sein. Ich muss alles wissen, sonst ist Jeck um Mitternacht tot."

„Es gibt ein kleines Wort und das heißt Bitte, hast du das schon mal gehört?"

„Bitte, Anett", sagte er brummig. „Kannst du dich darum kümmern?"

Sie strich die Haarsträhne aus der Augenbraue und nickte: „Ich werde telefonieren. Ruhe dich inzwischen aus. Leg dich ins Schlafzimmer, dort bist du unbehelligt."

***

Jeff Riser sagte in die Sprechmuschel: „Mr. Whiteman. Ich habe eine schlechte Nachricht für Sie. Welden hat uns ausgetrickst und ist spurlos verschwunden. Was sollen wir tun?"

Eiskalt war die Stimme am anderen Ende der Telefonleitung: „Verstehe ich Sie richtig, Mr. Riser? Sie haben Welden laufen lassen? Und jetzt fragen Sie mich, was Sie tun sollen?"

„Wir hatten ihn schon. Er war in Handschellen und musste pinkeln. Verdammt, wie konnten wir ahnen, dass er von der Triborough Brücke springt."

„Keine Ausflüchte, Riser. Sie und ihr Partner haben das Fiasko allein zu verantworten. Sie wissen, heute Mitternacht soll das Finale starten. Es verbleibt Ihnen genügend Zeit, den Fehler ungeschehen zu machen. Sollte es Ihnen allerdings nicht gelingen, Welden bis dahin wieder zu ergreifen, werden Sie anstelle Weldens am Ende gegen Jeck Born antreten. Und Ihnen ist bekannt, es gibt in diesem Spiel keinen Überlebenden."

„Einen Tip, Mr. Whiteman, Sie müssen mir einen Hinweis geben. Wir haben keinen blassen Schimmer, wo sich Welden verkriechen könnte."

Eine Weile war es still und Riser befürchtete, der Gesprächsteilnehmer hatte aufgelegt. Dann sagte Whiteman: „Da gibt es eine ehemalige Geliebte von Welden. Sie heißt Anett McCormick..."

***

Steven B. Welden lümmelte auf der Couch. Ihm gegenüber Anett McCormick.

Es war ein Uhr nachmittag und er hatte vier Stunden geschlafen. Er trank alkoholfreies Bier und rauchte eine Zigarette. Anett hatte ihm ein Schinkenbrötchen zubereitet, aber er verspürte keinen Hunger. Trotz der Ruhepause fühlte er sich schlapp.

„Ich habe Tom angerufen. Er arbeitet bei der Mordkommission", sagte Anett ruhig. „Du hast recht, die genannten Detektive sind alle tot aufgefunden worden. Die Leichen verstreuten sich weitläufig in der Umgebung von Queens. Vor fast einem Jahr genau begann die mysteriöse Todesserie. Aber die Fälle sind alle geklärt. Die Detektivpaare töteten sich gegenseitig. Jedenfalls ergaben das die Ermittlungen."

Überrascht sagte Welden: „Das ist doch nicht dein Ernst? Sechs Detektive bringen sich gegenseitig ums Leben? Da ist doch etwas oberfaul, findest du nicht?"

Sie zuckte mit der Schulter: „Ich kann nur weitersagen, was mir Tom berichtet hat. Demnach fand man die beiden Partner jedesmal mit tödlichen Schußwunden und mit zerschnittenen Kehlen. Die Tatwaffen noch in den Händen. Sie starben zweifelsfrei nach einer blutigen Auseinandersetzung. Ich kann dir nicht mehr sagen."

Spöttisch lachte er auf: „Das ist wieder typisch Polizei. Nur sich keine Arbeit auflasten. Da sterben innerhalb eines Jahres sechs Männer und die Bullen legen die Fälle als erledigt zu den Akten. Ich kann es nicht glauben. Schöpfte denn niemand Verdacht, ob das mit rechten Dingen zugeht?"

„Was fragst du mich. Ich habe keine Ahnung!"

„Okay, vielleicht kriegt sich ein Partnerduo wirklich mal so in die Haare und ein Streit endete tödlich. Aber doch nicht drei Paare hintereinander. Das stinkt bis zum Himmel."

„Ich stimme dir ja zu. Das ist sehr unwahrscheinlich. Doch die Autopsie zeigte lückenlos auf, dass sich die Opfer bekämpften. Es gibt Kratzspuren im Gesicht und an den Händen, Hautpartikel unter den Fingernägeln, blutige Kleider. Es war ein Kampf Mann gegen Mann."

Er zündete sich eine neue Zigarette an. „Ich weiß noch nicht, was da passiert ist. Warum sich diese Männer umbrachten. Aber ich weiß, Jeck und ich dürften die nächsten sein. Sie haben Jeck in ihrer Gewalt. Mit mir treiben sie jetzt eine Art Vorspiel. Legen mir Fallen und Spuren, treiben mich ruhelos durch New York. Und ich irre im Kreis herum. Jeck ist irgendwo gefangen und wartet auf mich. Aber wo ist er, verdammt nochmal!"

Sie nahm ihm die Zigarette aus den Lippen, machte selber einen tiefen Zug und steckte sie ihm wieder zu. Eine wunderbare alte und vertrauliche Geste.

Augenblicklich wurde er ruhiger und sah sie nachdenklich an.

„Streng dein Gehirn an, Mr. Welden. Denk nach! Wo kann Jeck sein?" stachelte Anett ihn an. „Du bist doch nicht auf den Kopf gefallen. Du wirst ihn finden. Du bist Jecks letzte Hoffnung. Also finde ihn."

Ihre Hand tastete zu ihm herüber und berührte die seine. Er griff danach und hielt sie fest.

So schwiegen sie einige Minuten und zwischen ihnen war keine Fremdheit mehr.

Schließlich sagte er: „Hat dir Tom auch erzählt, an welchen Plätzen die Toten aufgefunden wurden?"

„Ja, ich habe es mir notiert." Anett breitete ein Blatt Papier auf der Tischplatte aus. „Also, die ersten waren Apade und Winner. Sie lagen im Kissena Park Corridor. Danach folgten Boogey und Wolff. Man entdeckte sie neben einem Grab im St. Marys Friedhof. Longway und Hanks fand man groteskerweise in der Aussegnungshalle des Flushing Friedhofs."

„Hast du einen Stadtplan?"

Anett stand auf und brachte einen.

Er faltete ihn auseinander und kreiste mit einem Bleistift die genannten Orte ein. Dann lehnte er sich zurück. „Ich glaube es nicht", entwich es ihm und er schlug sich die flache Hand an die Stirn. „Bin ich wirklich so ein Idiot?"

„Was ist? Auf was bist du gestoßen?"

„Sieh dir das an!" Er schob ihr den Stadtplan hin.

Anett warf einen kurzen Blick darauf. „Na und?" sagte sie unverständlich.

„Verbinde die Fundorte miteinander und du hast einen Kreis. Und in der Mitte dieses Kreises befindet sich die Hollystreet."

Sie verstand immer noch nicht. „Und weiter?"

„In der Hollystreet gibt es das Motel Belvedere. Ich verwette alles was ich habe, dort wird Jeck festgehalten. Whiteman, dieser Bastard, lockte mich zweimal dahin. Und nicht im Traum wäre mir eingefallen, Jeck in einem der Räume zu vermuten. Ich bin ein wahrer Trottel."

„Was willst du unternehmen? Wenn Jeck tatsächlich in dem Motel gefangen gehalten wird und du dort wieder auftauchst, werden sie dich nicht mehr entkommen lassen. Das ist eine Todesfalle."

„Ich habe keine Wahl. Das weißt du. Ich muss Jeck dort raus holen." Er blickte auf seine Armbanduhr. „Aber mir bleibt genügend Zeit um mich vorzubereiten."

„Da ist noch etwas. Auch die Cops suchen fieberhaft nach Jeck und dir. Man nimmt an, Jeck wollte dich befreien und knallte die beiden Streifenpolizisten in ihrem Dienstwagen nieder. Seine Pistole lag auf dem Fahrzeugboden. In der Uniform einer der Beamten steckte auch dein Colt, mit dem Lincoln und seine Sekretärin getötet wurden."

„Die Lage ist aussichtslos, aber nicht ohne Hoffnung", griente er und zerdrückte den Glimmstengel. „Hast du eine Waffe für mich? Ich glaube nicht, dass mir der eingerostete Revolver des Stadtstreichers viel von Nutzen sein kann."

Aus dem Wandtresor überreichte sie ihm eine italienische 15-schüssige Beretta Pistole.

„Hast du keinen Revolver?" brummte er. Er mochte keine halbautomatischen Waffen. Sie waren ihm zu anfällig für Ladehemmungen. Er bevorzugte den robusteren Colt.

„Ich habe nichts anderes, also stecke sie ein."

Er verstaute die Waffe im Hosenbund. „Ich komme in ein paar Stunden nochmals wieder. Pass auf dich auf. Ich weiß nicht, ob Whiteman von dir Kenntnis hat. Wenn ja, kann es auch für dich gefährlich werden."

„Kümmere dich nicht um mich, ich komme schon klar. Sage mir lieber was du vorhast?"

„Es ist besser für dich, du weißt nicht soviel." Er studierte ihr Gesicht und fragte: „Wenn diese Sache glimpflich überstanden ist, gibst du mir noch eine Chance? Wirst du mit mir essen gehen?"

„Vielleicht, ich werde mir das sehr gründlich überlegen."

„Gut, überlege es dir", nickte er und verabschiedete sich mit einem schnellen Kuss.

***

„Hier muss es sein, wir sind da", sagte Kiefer Sutheroon und stoppte den Ford Mustang vor dem Wohnhaus in der Melrose Avenue. Sofort stieg Jeff Riser aus und ging zum Gebäudeeingang. Er las die Namen von der Klingeltafel ab und trabte wieder zurück. Sutheroon kurbelte das Fenster herunter.

„Anett McCormick wohnt auf der zweiten Etage", sagte Riser und zündete sich eine Zigarette an.

Pragmatisch meinte Sutheroon: „Bingo! Wir werden Sie besuchen!"

Abschätzend begutachtete Riser den grauen Häuserblock. „Vielleicht ist Welden bei ihr, vielleicht auch nicht."

„Hier auf der Straße werden wir das nicht erfahren", sagte Sutheroon und stieg ebenfalls aus. „Es reicht, wenn ein Mann hochgeht. Der andere sollte, den Eingang im Auge behalten. Welden darf uns nicht ein zweites Mal entwischen."

„Gute Idee, ich bleibe unten. Du kannst besser mit den Weibern umgehen. Ich kann ihnen nicht weh tun."

Sutheroon versteckte die kalten Augen hinter einer großen Sonnenbrille. Ein kleines Lächeln im herben Mundwinkel. „Wenn die Kleine hübsch ist, könnte die Unterhaltung ein wenig länger dauern. Verliere also nicht die Geduld."

„Sollte Welden in der Wohnung sein, wird dir nicht viel Zeit bleiben um mit der Puppe zu plaudern. Er ist gefährlich. Unterschätze ihn nicht", warnte Riser. „Und vergiss nicht, du darfst ihn nicht töten. Whiteman will ihn lebendig!"

Leicht verärgert erwiderte Sutheroon: „Spar die dein kluges Geschwätz, Jeff. Die ganze Misere haben wir doch dir zu verdanken. Du hast ihm doch die Armbänder abgenommen."

„Scheiße, was soll das heißen? Das es allein meine Schuld war, dass dieser verrückte Kerl von der Brücke springt? Du warst nicht anwesend oder wie?"

„Schon gut, ich will nicht mit dir streiten. Ich gehe jetzt hoch. Und wenn Welden dort oben ist, bringe ich ihn dir unversehrt. Möglicherweise bumse ich noch die Kleine. Gib mir eine halbe Stunde. Dann komme nach."

Sutheroon rückte die Sonnenbrille zurecht und wandte sich ab.

***

Nachdem Welden gegangen war, ging Anett ins Bad und wusch ihr Gesicht und schminkte die Lippen. Sie kämmte gerade das pechschwarze Haar, als die Türglocke schellte.

Sie dachte, Welden kehrte zurück, weil er etwas vergessen hatte.

Daher öffnete sie unbesorgt die Wohnungstür. „Was gibt es noch, Boy? Hast du..." Sie stockte mitten im Wort.

Vor ihr stand ein unbekannter Mann. Groß, knochig, schiefergrauer Anzug, markantes Gesicht, grauer Hut und Sonnenbrille. Und er hatte eine Waffe in der Hand.

Blitzschnell wollte sie Tür zu werfen, doch er stellte ein Bein dazwischen und stieß Anett in die Diele zurück.

„Was wollen Sie?" giftete sie.

Sutheroon lächelte eiskalt, packte sie mit einer Hand am Hals, mit der anderen erschreckte er sie mit dem Revolver. Sein Mund war ganz nah bei ihr und sanft flüsterte er: „Hallo, schönes Kind, ist Welden bei dir?"

Mit aufgerissenen Augen schüttelte Anett den Kopf.

„Wirklich nicht? Du lügst mich doch nicht an?" Mit der Schusswaffe an ihrer Schläfe dirigierte er sie in das Wohnzimmer. „Wo ist er? In der Küche? Nein? Im Schlafgemach?"

„Niemand ist bei mir. Ich bin allein", brachte Anett über die Lippen.

Er musterte sie von oben bis unten und schnalzte anerkennend mit der Zunge. Die wunderschöne attraktive Frau war exakt seine Kragenweite. Hautenge Blue Jeans, dünne Seidenbluse, darunter ein kleiner, fester Busen. Gleichmäßig geformtes Gesicht, umrahmt von kohlrabenschwarzen, lockeren Haaren. Große, seegrüne Augen, die ihn unmutig anstarrten. Doch keine Spur von Angst.

Das ärgerte Sutheroon. Er gab ihr einen Stoß und sie plumpste auf die Couch.

Bevor Anett aufbegehren konnte, klatschte er ihr die flache Hand ins Gesicht. Ein kleiner Blutfaden rann aus der aufgeplatzten Oberlippe.

„Hör zu, du geiles Luder, du glaubst, du kannst mich verarschen. Aber nicht mit mir. Du wirst ganz schnell deine Arroganz ablegen, dafür sorge ich."

Er wischte ihr das Blut vom Kinn und schleckte es genüsslich von seinen Fingern ab.

Angewiderte wandte Anett den Kopf weg.

Er nickte und nahm die Sonnenbrille ab: „Du willst es auf die harte Tour, Sugarbaby. Das kannst du haben. Okay, verrate mir, wo Welden ist. Er war doch hier oder nicht?"

„Ich habe keine Ahnung, von wem Sie sprechen!"

„Aber Sugarbaby, sei doch nicht so verstockt". Derb fasste er ihr ans Kinn und sie blickte ihn ärgerlich an.

„Stehst du etwa auf Schmerzen?"

„Bitte nicht", flehte Anett. Sie entschied sich die Furchtsame zu spielen. Vielleicht konnte sie ihn damit beschwichtigen und wertvolle Zeit gewinnen. „Bitte tun Sie mir nicht weh!"

„Braves Mädchen, so gefällst du mir schon besser", lobte er. „Du willst mir also sagen, du kennst einen Steven B. Welden gar nicht?"

Hastig sagte Anett: „Das...das sagte ich nicht. Ich kenne ihn schon. Aber wir haben uns vor einem halben Jahr getrennt."

„Und seitdem hast du nichts mehr vom ihm gehört?" Der kalte Revolverlauf streichelte ihre blasse Wange.

„Das ist die Wahrheit, Sie müssen mir glauben."

„Na sowas. Er war heute früh nicht bei dir?"

„Nein, warum sollte ich Sie anlügen?"

„Und was ist das hier?" Er schlug den Revolvergriff so hart auf die Tischplatte, dass es wie ein Schuss krachte und Anett unwillkürlich zusammen zuckte.

Verflucht, dachte sie. Auf dem Tisch lagen weiterhin der auseinander gefaltete Stadtplan, sowie das Blatt Papier mit den aufgeschriebenen

Namen der sechs Detektive. Warum hatte sie den Kram nicht weggeräumt.

Sutheroon besaß einen präzisen Verstand und sagte: „Welden war doch hier und du hast mich angelogen!"

„Leck mich!" sagte Anett.

Nachdenklich nagte er an seiner Unterlippe. „Okay, Sugarbaby, du willst wirklich die harte Tour. Also zieh dich aus!"

„Was?"

„Du sollst dich ausziehen. Ich will dich nackt sehen!"

„Ficke dich selber, Arschloch", sagte sie.

Mitleidlos hämmerte er Anett die Faust an das Kinn, schleuderte sie auf die Couch, drückte ihr gewaltsam den Kiefer auseinander und schob ihr die Revolvermündung in den Mund. „Du tust jetzt was ich dir befehle, Sugarbaby. Du wirst ganz brav und folgsam sein. Oder meine 44 Magnum reißt ein schönes Loch in deinen Hinterkopf."

Hilflos nickte Anett und die jähaufsteigende Todesangst knotete ihr die Kehle zu. Sie konnte nicht mehr denken und das klopfende Herz schlug bis zum Hals.

„Sauge an der Mündung", hörte sie ihn sagen. „Schlecke daran, tu so, als umgarnst du einen richtigen Männerschwanz. Und mach die Augen auf, ich will in deine Pupillen sehen."

Ungeschickt rutschte ihr Mund an dem Revolverlauf rauf und runter und panisches Entsetzen sprengte beinahe ihre Gehirn. Die Augen füllten sich mit Tränen.

„Das machst du nicht schlecht. Das üben wir nun am lebendigen Modell. Mache meine Hosen auf."

Ihre zittrigen Hände nestelten den Ledergürtel auf. Sie konnte hören wie sein Atem etwas schneller wurde. Er zog die Waffe aus ihrem ausgetrockneten Mund und drückte ihr Haupt zwischen die Beine. Sutheroons Augen verdrehten sich vor Lust und er begann zu keuchen.

Doch plötzlich spürte er wie sich die Atmosphäre bewegte, wie ein großer Schatten ihn attackierte. Bevor er überhaupt begreifen konnte, wurde die Frau von ihm weggeschubst und ein furchtbarer Schlag traf ihn gegen den Schädel. Die Wucht des Treffers beförderte ihn vom Sofa auf den Teppichboden und er krümmte sich sekundenlang vor Schmerzen. Dabei ließ er aber den Revolver nicht aus

Verblüfft registrierte er den über ihm stehenden Steven B. Welden und die auf ihn zielende Pistole.

„Teufel noch mal, wo kommst du her?" wunderte sich Sutheroon, richtete sich hoch und hob den Colt.

Augenblicklich feuerte Welden auf ihn. Er gab Sutheroon keine Chance. Gnadenlos verschoss er das halbe Magazin.

Sutheroon verblutete mit acht Kugeln im Oberkörper.

„Viel Spaß in der Hölle", sagte Welden ungerührt. Er legte die rauchende Waffe fort und nahm die total aufgelöste Anett ganz fest in den Arm.

Weinend umschlang sie seinen Hals und ihr schlanker Körper bebte wie Espenlaub. Er streichelte das seidige Haar. „Es ist vorbei, Mädchen, beruhige dich. Der Schweinehund wird dich nicht mehr anrühren."

Sie klammerte sich an ihn, als wollte sie ihn nie wieder auslassen und ihre Tränen nässten seine Wangen. „Er steckte mir den Waffe in den Mund. Oh Boy, noch nie hatte ich solche Sterbensängste. Ich habe geglaubt meine letzte Stunde hat geschlagen."

Plötzlich stemmte sie sich gegen ihn und trommelte ihre kleinen Fäuste wild an seine Brust. Ihr aufgewühltes Antlitz wurde zornig: „Ver-

dammt, Boy! Wo hast du dich versteckt? Warum bist du solange fort-
geblieben? Er hätte mich umbringen können."

Die Tränen stürzten wie Wasserfälle aus ihren rotunterlaufenen Augen.

Er nahm ihr Gesicht in beide Hände und küsste ihr sanft die Tränen
fort. „Ich weiß, ich weiß, mein Liebes. Ich sah Sutheroon ins Haus
gehen, als ich gerade in den Bus steigen wollte. Doch ich musste zuerst seinen Kumpel unschädlich machen, der den Hauseingang absi-
cherte und deswegen schaffte ich es nicht mehr rechtzeitig."

Zärtlich berührte er ihre leicht geschwollene Lippe. „ Es tut mir leid,
Anett, aber ich durfte nichts riskieren. Ich musste abwarten, bis er die
Waffe aus deinem Mund zog. Erst dann konnte ich handeln."

Allmählich entspannte sich Anett in seinen Armen. Die Tränen trock-
neten und das Herz schlug freier.

Er zündete sich eine Zigarette an und reichte sie ihr. „Hör zu, Anett,
pack ein paar Sachen ein. Du kannst hier nicht bleiben. Sutheroon's
Partner wird nicht ewig ohnmächtig im Auto pennen. Wenn er auf-
wacht, wird er deine Wohnung aufsuchen und den toten Kumpel finden. Du musst untertauchen."

„Wo... wo soll ich hin?" fragte sie mit fester werdender Stimme.

„Du gehst zu Mama Rosa. Dort bist du erstmals sicher aufgehoben.
Ich denke es wird nicht für lange Zeit sein. Morgen ist wahrscheinlich
alles vorbei."

„Gut", sagte sie, rauchte noch einen Zug und überließ ihm die Zigarette. „Ich brauche nur wenige Minuten."

Unbehelligt konnten sie das Haus verlassen. Riser schien über dem
Lenkrad des Ford Mustangs eingeschlafen zu sein.

***

Mama Rosa war Inhaberin einer kleinen italienischen Pizzeria in der Bronx. Für Kenner gab es hier die besten Spagettis und Pizzas von ganz New York. Mama Rosa war eine typische, schwergewichtige Neapolitanerin mit übergroßen Herzen. Hatte sie jemanden darin eingeschlossen, war das für immer. Das galt im Besonderen für Steven B. Welden und Jeck Born. Die hatten vor langer Zeit einmal eines ihrer fünf Kinder aus den Fängen einer Erpresserbande befreit. Seitdem würde Mama Rosa für diese beiden ihr Leben geben. Immer wenn sie in Not waren und Hilfe benötigen konnten sie bei Mama Rose unterschlüpfen.

Überschwänglich begrüßte die resolute Italienerin Welden und McCormick und komplimentierte die beiden in ein kleines gemütliches Gästezimmer. Sie versprach sofort einen Teller Pizza zu bringen. Den Einwand, dass sie keinen Hunger verspürten, ignorierte Mama Rosa einfach. Ihre natürliche Herzlichkeit war überwältigend.

Während Anett zu den fabelhaften Spagettis ein Viertel Rotwein genoss, genehmigte sich Welden nur ein alkoholfreies Bier. Das Essen rührte er nicht an. Je weiter die Zeit vorrückte, desto nervöser wurde er. Gedankenversunken spielte er mit Jecks Ring an seinem Finger.

„Ich werde mit dir gehen", sagte Anett entschlossen in seine Überlegungen hinein. „Wir holen Jeck gemeinsam da raus. Wir marschieren in dieses Hotel und pumpen jeden voll Blei, der sich uns in den Weg stellt."

Er lächelte karg. „Wenn das so einfach wäre", sagte er dann sorgenvoll. „Wir könnten auch eine Polizeieskorte hinschicken. Aber das würde endgültig Jeck's Tod besiegeln. Whiteman erwartet mich allein. Er weiß, dass ich komme. Weil ich keine andere Möglichkeit habe."

Sie ergriff seine Hände. „Ich lasse dich nicht allein gehen. Das bedeutet deinen Tod und den von Jeck."

Er schüttelte den Kopf. „Du weißt, das geht nicht. Wir machen es wie abgesprochen. Du wirst eine halbe Stunde nach Mitternacht die Bullen verständigen. Sie sollen das Belvedere einkesseln, aber nicht eindringen. Wenn ich Jeck befreit habe, gebe ich euch ein Zeichen und ihr stürmt das Hotel."

„Das gefällt mir nicht, Boy", sagte Anett besorgt.

„Das ist mir klar", nickte er. „Das gefällt mir auch nicht. Aber hast du was Besseres?"

„Also gut, du gehst in diese Absteige und dann...?"

„Und dann? Dann verlange ich den Schlüssel von Suite 33, begebe mich dorthin und warte auf die Geschehnisse. Whiteman wird sich bestimmt melden. Da bin ich sicher."

„Das gefällt mir nicht", wiederholte sie.

„Ach, verflucht, Anett. Ich habe keine Alternative."

„Dieser Whiteman ist unberechenbar. Vielleicht ist Jeck auch schon tot. Du solltest nicht allein gehen."

Er trank den letzten Schluck Bier, stand vom Stuhl auf und streckte sich auf dem Sofa lang hin. „Vielleicht kann ich noch ein wenig ausruhen. Es ist sechs Uhr. Wecke mich um neun Uhr."

***

Trotz Hunger und Durst und Schmerzen schlief Jeck Born von Zeit zu Zeit ein. Immer wieder schreckte er auf und war umgeben von tiefschwarzer Finsternis. Nur das leise Scheppern der Knochengerüste drang an sein Ohr. Er hatte jedes Gefühl für Zeit und Raum verloren. Er wusste nicht mehr, ob Stunden oder Tage vergangen sind. Gelegentlich erhob er sich und vertrat die tauben Glieder, bewegte die Gelenke und versuchte sie geschmeidig zu halten. Das Rütteln an den verriegelten Türen hatte er schon lange aufgegeben.

Als er wieder einmal aus einem kurzen Schlaf erwachte waren die Skelette von der Decke verschwunden und er fand an seiner Seite ein Tablett mit einem trockenen Brot und einem Glas Wasser. Irgendwer hatte es für ihn abgestellt. Ausgehungert machte er sich darüber her und leerte das Glas in einem Zug. Die karge Mahlzeit mobilisierte seine Kräfte und gab ihm neue Zuversicht. Doch die schwand so schnell wie sie gekommen war.

Das war wohl das Henkeressen, glaubte er und ahnte, dass die Entscheidung bevorstand. Manchmal dachte er auch an Welden. Aber die Hoffnung, dieser würde ihn aus dem Gefängnis holen, hatte er schon lange verloren.

Er griff zum Revolver und sagte laut: „Komm schon, Whiteman. Lass es uns beenden...“

***

Gegen elf Uhr abends lud ein Taxifahrer Steven B. Welden vor dem Belvedere ab. Die hellerleuchtete Hotelhalle war wie gehabt bis auf den müden Portier menschenleer.

„Hallo, Zimmer 33“, sagte Welden nur, der wieder mit wenig Gepäck angereist war.

Wortlos rückte der zaunlattendürre Angestellte den Schlüssel heraus.

„Ist Post für mich da?“

Der Mann sah in der Ablage nach und schüttelte den Eierkopf.

„Ist die Bar geöffnet?" fragte Welden.

„Noch nicht, erst ab Mitternacht", brummelte der Portier.

„Ich will nur ein Bier trinken. Ich brauche einen Schlummertrunk."

„Mir egal. Vielleich ist der Barkeeper schon da und serviert ihnen einen Drink "

„Wo ist die Bar?"

Der Mann streckte den Arm aus und deutete mit dem Zeigefinger auf eine Doppeltür im abgrenzenden Rund des Foyers.

Schnurstracks steuerte Welden darauf zu. Im Nacken den versengenden Blick des Portiers.

Welden klappte die Doppeltür auseinander und rieb sich verwundert die Augen.

Eine kleine, exklusive Lounge. Sanftes freundliches Licht. Im Hintergrund unaufdringliche Musik. Der Raum war feudal eingerichtet. Vierertische mit weißen Decken, bequeme Ledersessel, die Wände mit edlem Holz getäfelt, an der Decke ein riesiger Kronleuchter und ein orientalischer Teppichboden.

Über so einen Luxus in dieser erbärmlichen Absteige konnte Welden nur noch staunen. Er hatte alles erwartet, aber dies nicht.

Zur Unterhaltung der Gäste hingen an allen vier Ecken der Decke großflächige Monitore, welche aber ausgeschaltet waren.

Kopfschüttelnd ging Welden zur langen, holzverkleideten Theke, die mit goldenen Leisten verziert war.

Als wäre der neue Gast Luft für ihn, hantierte der Barmann im dunkelblauen Abendanzug und roter Samtschleife mit den Sektgläsern.

„Donnerwetter, was für ein edles Ambiente", staunte Welden. „Und das alles in diesem verwahrlosten Gemäuern. Respekt!"

„Wir haben noch nicht geöffnet. Erst ab 12Uhr Mitternacht,", sagte er vornehm tuende Barkeeper.

„Ist schon okay. Ich wollte nur ein Bierchen trinken. Dann verzichte ich eben." Er fixierte den Mann: „Oder gibt es doch ein kleines Bier?"

„Tut, mir leid, Sir. Wie gesagt, wir öffnen erst um Mitternacht."

Daraufhin nickte Welden verständnisvoll und suchte umgehend sein Quartier auf. Die Deckenlampe funktionierte wieder einmal nicht. Auf dem Balkon steckte er sich eine Zigarette an.

Er verstand es nicht so recht. Was bedeutete der sündhaft teuer eingerichtete Saloon in diesem minderwertigen Hotel? Was gab es hier zu feiern?

Nur unzureichend erhellte der blasse Mondschein das kleine Zimmer.

Aufdringlich läutete das Telefon und Welden wusste wer der Anrufer war. Er hob erst beim vierten Tonruf ab.

Whiteman sagte: „Guten Abend, Mr. Welden. Ich habe mit Ihrer Anwesenheit nicht mehr gerechnet. Trotzdem freue ich mich, dass Sie es sich überlegt haben. Aber Ihnen verbleibt nicht mehr viel Zeit bis Mitternacht. Ich hoffe, Sie haben meine geforderten 150000 Dollar. Sonst werden Sie Ihren Freund nicht mehr retten können."

„Wo ist Jeck?" hakte Welden ein.

„Keine Sorge, noch lebt er. Das Ultimatum läuft um 24Uhr ab. Ihnen bleiben noch fünfundzwanzig Minuten um ihn zu finden."

„Ich habe alle Ihre Forderungen erfüllt, Whiteman! Lincoln und Laurel sind tot. Genügt das nicht?"

„Sie wissen genauso wie ich, dass Sie die Befehle nicht ausgeführt haben. Ich habe jemanden anderen beauftragen müssen diese unangenehme Sache zu erledigen. Sie haben mich sehr enttäuscht, Mr. Welden. Sie haben auf der ganzen Linie versagt. Sie zahlten weder die geforderten 150 000 Dollar noch töteten Sie Lincoln und seine Hure. Damit haben Sie persönlich den Tod Ihres Freundes zu verantworten."

Erregt antwortete Welden: „Sie sind verrückt, Whiteman! Ich weiß, daß Jeck in diesem verfluchten Haus ist. Ich werde es vom Keller bis zum Obergeschoß auf den Kopf stellen. Ich finde ihn."

„Das ist sehr ungewiss. Sie werden Jeck Born nicht retten können. Ihr Freund ist so gut wie tot. Sie hatten ihre Chancen, Mr. Welden, und Sie haben sie nicht genützt. Die Uhr tickt und tickt..."

Heftig sog Welden an der Zigarette. „Warum tun Sie das, Whiteman? Was ist Ihr Motiv? Sie haben bereits sechs Detektive getötet. Woher dieser Hass?"

Ein spöttisches Lachen kam durch die Leitung: „Sie irren, Mr. Welden. Mich treibt kein Hass. Ich habe es Ihnen doch erklärt. Das ist nichts Persönliches. Es ist nur ein Spiel. Und es geht um Geld. Um sehr viel Geld. Die letzten Schnüffler waren ausgesprochene Holzköpfe. Ängstliche, ideenlose Geschöpfe. Der Tod war eine Erlösung für sie. Da sind Born und Sie ein anderes Kaliber. Endlich einmal gleichwertige Gegner."

„Ich weiß was Sie planen", sagte Welden.

„Da bin ich aber gespannt?"

„Sie wollen Jeck und mich aufeinanderhetzen und zuschen wie wir uns gegenseitig zerfleischen. Ich habe nur keine Ahnung, wie Ihnen das gelingen könnte. Doch was es auch ist. Es wird nicht klappen. Niemals werden Jeck und ich uns bekämpfen."

„Sie sind ein intelligenter Bursche", lobte Whiteman. „So ganz abwegig ist Ihr Gedanke gar nicht. Aber warten Sie doch einfach ab und lassen sich überraschen was passiert."

„Ihr teuflischer Plan wird nicht gelingen", wiederholte Welden.

Belustigt lachte Whiteman und sagte: „Ich habe eine zusätzliche Überraschung für Sie parat. Und Sie werden nicht erfreut sein."

Welden stockte der Atem. Er ahnte den Schrecken. Sorgenvoll fragte er: „Über was werde ich nicht erfreut sein?"

„Ich habe Anett McCormick in meiner Gewalt. Ist das nicht eine alte Freundin von Ihnen?"

Wie Dolchspitzen stachen die Worte aus der Telefonleitung in sein Herz. 'Das kann doch nicht wahr sein', dachte er betroffen. 'Wie konnte Whiteman wissen, dass Anett bei Mama Rosa untergetaucht war? War ihnen Riser doch gefolgt und ich habe ihn trotz aller Aufmerksamkeit übersehen?'

„Wollen Sie mit Ihrer Bekannten sprechen?" fragte Whiteman hohnvoll.

„Ja, verdammt, geben Sie mir Anett. Und wagen Sie nicht, sie auch nur anzurühren. Ich schneide Ihnen das Herz aus der Brust."

„Boy, Boy, bist du dran?" schallte Anetts verzweifelte Stimme an sein Ohr. „Es tut mir leid, Darling. Alles ist schiefgelaufen. Ich bin schuld. Ich habe es vermurkst."

„Schon gut, Lady. Mach dir keine Vorwürfe. Was ist passiert?"

„Ich bin dir hinterher gefahren. Mein Gott, Boy. Ich konnte doch nicht bei Mama Rosa bleiben und Däumchen drehen. Glaubst du, ich lasse dich allein? Der Kerl schnappte mich, als ich vor dem Motel parkte."

Krampfhaft umklammerte Welden den Telefonhörer, während er ruhig sagte: „Mach dich nicht verrückt, Lady. Geht's dir gut? Bist du verletzt? Hat er dir etwas angetan?"

„Nein, nein, er behandelt mich gut. Oh Boy, ich habe das alles nicht gewollt."

Zorn brodelte in Weldens Innern. Nur mühsam gelang es ihm beherrscht zu bleiben und seine Stimme vibrierte leicht, als er sagte: „Vertrau mir, Lady. Ich hole dich aus dieser Scheiße heraus. Das verspreche ich dir. Ich werde nicht zulassen, dass der Dreckskerl gewinnt. Hast du mich verstanden, Liebling? Glaube mir, ich hole dich heraus."

Dann war Whiteman wieder an der Strippe. „Sie sind der geborene Verlierer, Welden. Jetzt haben Sie zwei Probleme am Hals. Jetzt ist nicht nur Jeck Born in meiner Hand, sondern auch ihre kleine, liebenswerte Freundin. Ich bin gespannt was Sie sich einfallen lassen um die Angelegenheiten zu lösen. Adios, mein Freund!"

„Ich bin nicht dein Freund", schrie Welden und explodierte. Er schmetterte den Telefonapparat gegen die Wand, dass sich der in sämtliche Bestandteile zerlegte. Rasend vor Wut drosch er den Holzstuhl solange auf den wackligen Tisch, bis der zusammenbrach und er nur noch einen Beinstummel in den Händen hielt.

Mit fuchsteufelswilden Augen stierte er in den matten Spiegel. „He, Whiteman, verkriechst du dich dahinter? Du beobachtest mich, was? Du bist ein Arschloch und ein Feigling. Warum zeigst du dich nicht endlich? Lass es uns austragen. Nur du und ich, na komm schon..."

Welden schleuderte das Stuhlbein nach dem Spiegel. Das Glas zersplitterte in tausend Scherben. Er schaute durch das gezackte Loch. Im benachbarten Zimmer wohnte natürlich niemand.

Der sinnlose Wutausbruch wich einer tiefen Resignation. Er sackte auf die Matratze und presste beide Fäuste gegen die pochenden Schläfen. Als er sich zurücklegen wollte, spürte er einen knochigen Widerstand im Nacken. Welden drehte sich halb und schlug die Wolldecke auf.

Der tote Porky Slim lag neben ihm.

Das brachte das Fass zum Überlaufen.

Nun war Zeit zum handeln. Nach einigen Minuten der Vorbereitung stürmte Welden zur Empfangshalle zu dem verdutzten Nachtportier.

Er krallte sich den hohlwangigen Mann am Hemdkragen und hielt ihm die Pistolenmündung unter die Nase. „Was führt ihr hier für einen Hokuspokus auf?"

Kreidebleich sagte der Portier: „Ich weiß nicht was Sie meinen, Mister."

„Ich rede von deinen Vorgänger, der tot auf meinem Zimmer liegt, davon weißt du natürlich nichts, oder?"

„Keine Ahnung, von was Sie sprechen. Ein Toter auf Ihrem Bett?"

„He, du Scheißkerl", schnarrte Welden böse. „Heraus mit der Sprache. Wer schleppte den Kerl auf mein Bude?"

Der Mann stotterte: „Ich... ich weiß nichts von einem Toten."

„Und von dem Detektiv, der hier irgendwo im Haus gefangengehalten wird, ist dir auch nichts bekannt?"

Stummes Kopfschütteln.

Welden überlegte. Der Portier schlotterte vor Angst. Der würde ihm nicht weiterhelfen. Wenn Jeck in dieser Absteige war, und Welden hatte keinen Zweifel daran, musste er ihn allein finden und das komplette Gebäude durchkämmen. Er würde mit dem Keller beginnen.

„Wo ist der Kellerzugang?" fragte er.

„Ich...ich weiß nicht..."

„Junge, verarsch mich nicht. Ich habe keine Zeit für Spielchen. Rede oder stirb an einer Bleivergiftung." Kaltblütig spannte Welden das Schießeisen.

Erschrocken rief der Portier: „Halt, Mister, nicht schießen. Der Keller ist links neben der Tür zum Hinterausgang. Dort den Flur entlang."

„Wenn du mich anlügst, komme ich wieder", drohte Welden. Er marschierte den dunklen Korridor hinunter, den er schon einmal gegangen war, als er den Unbekannten im Rückgebäude suchte.

Der Kellerzugang führte über eine steile Steintreppe hinunter ins schwarze Nichts. Das Flurlicht reichte nicht aus um das Ende zu erkennen. Welden tastete sich am Eisengeländer die Stufen hinab. Unten angekommen zündete er ein Streichholz an. Vor ihm ein wuchtiger Kerkerverschlag. Das abbrennende Feuer versengte ihm die Fingerspitzen und er warf es weg. Er schob den schweren Balken aus der Verriegelung und stemmte die massive Tür auf. Quietschend windeten sich die rostigen Scharniere.

Der Kellerraum wurde von taghellen Neonlampen ausgeleuchtet.

Verblüfft fühlte sich Welden ins Mittelalter zurückversetzt. Das Verlies war die reinste Folterkammer. Eine Streckbank, ein Marterstuhl, und Foltermittel der übelsten Art. Ketten, Halseisen, Daumenschrauben, Handschellen, Schürhaken.

Inmitten des Verlieses lag eine Gestalt mit eingeschlagener Schädeldecke in einer eingetrockneten Blutlache. Daneben eine stählerne Kugel, mutmaßlich das Tatwerkzeug.. Der Mann musste schon länger tot sein. Die Leichenverwesung war bereits eingetreten und es stank bestialisch.

Keine Spur von Jeck Born. Also zurück in den Kellergang. Dort gab es noch drei weitere Türen.

Hinter einer fand er die Besenkammer. Der nächste Raum war ein Kohlenlager. Der dritte Zugang war mit einer querliegenden Metallschiene verbarrikadiert.

Welden nahm die Pistole in die Hand und mit der anderen entriegelte er den Verschluss. In diesem Moment spürte er eine Erschütterung im

Nacken. Er wollte sich ducken und umwenden, aber er war viel zu langsam. Ein Stoß ins Genick beförderte ihn über die Schwelle. Polternd fiel die Metalltür ins Schloss und vernehmbar rastete der Verriegelung ein.

Er war eingesperrt in monumentaler Dunkelheit und blind wie ein Maulwurf. Zögernd hockte sich Welden neben dem Eingang nieder. Er horchte in die Lautlosigkeit hinein. Irgendwo in der Finsternis lauerte der unsichtbare Feind und würde sofort reagieren, wenn Welden durch den kleinsten Laut seinen Standort verriet.

Vermutlich war auch Jeck Born in diesem Gefängnis. Welden könnte nach ihm rufen. Wenn jedoch ein anderer Gegner auf ihn wartete, könnte das lebensgefährlich werden.

Welden hielt die Pistole in den Händen und dachte: „Okay, Whiteman, wollen einmal sehen, wer die stärkeren Nerven besitzt. Ich meinerseits laufe dir nicht ins offene Messer. Ich rutsche jetzt etwas vom Eingang weg und rühre mich dann keinen Millimeter mehr. Du wirst schon den ersten Schritt tun."

***

Jeck Born war eingenickt. Das Krächzen der Stahltür schreckte ihn aus der Lethargie. Für Sekunden brach ein Lichtstrahl in das Verlies und ein schmales Schemen flatterte herein. Und dann war wieder alles pechrabenschwarz.

Augenblicklich war Born hellwach.

Es war so weit. Whiteman war da. Born konnte ihn nicht sehen, aber er mutmaßte mit ziemlicher Sicherheit, die Entscheidung nahte.

Er legte sich flach auf den Bauch und streckte die Hand mit der Waffe nach vorne.

Komm nur, du Hundesohn, ich werde dich gebührlich empfangen. Aaa, ich liebe dich, Whiteman...

***

Wie gebannt hingen die Augen der geladenen Gäste an den übergroßen Bildschirmen. Die Bilder der Nachtkamera wurden gestochen scharf übertragen. Sie zeigten den globalen Raum und die beiden Männer darin.

Fast stoisch kauerte Welden an der Mauer und muckte sich nicht. Ihm gegenüber, genau so regungslos, Jeck Born auf dem Bauch liegend.

Zähe Minuten strichen dahin. Nichts ereignete sich.

Die gespannte Erwartung der Zuseher verwandelte sich merklich in Missbehagen und Ungeduld.

Schließlich unterbrach ein dicker Mann mit Froschaugen das unbehagliche Schweigen: „Was zum Teufel tun die da? Sind die beiden eingeschlafen?"

„Das ist ja öde. Ich habe viel Geld dafür bezahlt, live einen Kampf auf Leben oder Tod mitzuerleben", meldete sich ein zweiter Gast.

„Was für ein erbärmliches Schauspiel!"

„Der großmütig angekündigte Todeskampf entlarvt sich als stinklangweilige Farce. Die beiden Tölpel scheißen sich vor Angst in die Hose."

An einem Tisch, etwas abseits von den anderen, saß ein unförmiger, menschlicher Fleischberg mit einem viel zu kleinen Kopf. Die Wangen pausbäckig und glatt wie die eines Babys. Der Schädel kahlgeschoren, keine Brauen und Wimpern über den Fischaugen. Blutleere, wulstige Lippen. Der fette Leib schien mit dem Sessel verwachsen zu sein. Es war schwer vorstellbar, dass er ohne fremde Hilfe aufstehen konnte.

Zu seiner linken Seite hockte Anett McCormick. Ihre Hände konnte sie frei bewegen, nur die Füße waren an die Stuhlbeine gefesselt. Das schöne Gesicht war starr wie eine Maske.

Whiteman hatte ihr ein volles Sektglas und kleine Fleischhäppchen hingestellt. Sie rührte beides nicht an.

Seelenlos fixierte Whiteman seine Gefangene, dann erhob er die Stimme. Obwohl er eigentlich leise sprach, verstummte schlagartig die hitzige Debatte. „Meine verehrten Gäste, schonen Sie Ihre Nerven. Keine Ungeduld bitte. Genießen Sie die vorzügliche Kost. Uns läuft nichts davon. Ich garantiere Ihnen, Sie werden zu Ihrem Recht und zu Ihrem Vergnügen kommen. Denken Sie daran, diese beiden Männer sind erfahrene Profis. Erinnern Sie sich, wie Born unseren Sukutscho exekutierte. Er ist eine Kampfmaschine."

„Im Moment erinnert er mich eher an einen toten Maikäfer", stänkerte ein geschniegelter Lackaffe vom Nebentisch. „Ihre beiden Kampfmaschinen haben seit zehn Minuten nicht einmal mit der Augenbraue gezuckt."

Zurechtweisend sagte Whiteman: „Mr. Curtis, üben Sie sich bitte in Nachsicht. Probieren Sie den russischen Kaviar. Er ist exzellent."

„Ihr hinterlistiges Vorhaben wird nicht aufgehen", sagte Anett McCormick aufgebracht. „Boy und Jeck sind zu schlau um gegeneinander zu kämpfen."

„Warten wir es ab", sagte Whiteman freundlich.

„Abwarten, abwarten, wie lange wollen Sie uns noch hinhalten, Whiteman?" maulte der tipptopp gekleidete Curtis. „Mitternacht ist schon vorbei. Sie haben uns die perfekte Show versprochen und dafür fürstlich abkassiert. Also tun Sie etwas."

Whiteman lenkte ein: „Sie haben recht, Mr. Curtis. Ich werde das Spiel beschleunigen."

Die frostigen Fischaugen richteten sich auf den zu seiner Rechten sitzenden Jeff Riser.

Jeff Riser war unangenehm berührt.

„Mr. Riser, gehen und sorgen Sie dafür, dass es zwischen den beiden Schlappschwänzen endlich zum Kampf kommt."

„Was ich? Das ist nicht ihr Ernst, Mr. Whiteman", begehrte Riser heftig auf. „In dieses Kellerloch bringen mich keine zehn Pferde."

Milde sagte Whiteman: „Sie sollten nicht mit mir streiten, Riser. Sie sollen nur tun, was ich Ihnen befehle."

Aber Riser verweigerte sich: „Ich komme aus der Lichtquelle. Beim ersten Schritt über die Schwelle werden die beiden Verrückten das Feuer eröffnen. Dann bin ich so gut wie tot."

„Das sind Sie auch, wenn Sie meine Anordnung nicht befolgen."

Aus dem Jackenärmel zauberte Whiteman eine Derringerpistole. „Sie haben keine Wahl, Mr. Riser. Ich zähle bis drei, dann erheben Sie sich..."

„Sie werden mich nicht erschießen..."

„Eins", sagte Whiteman.

„Ich bin Ihr bester Mann..." Schweißperlen glänzten auf Risers Stirn.

„Zwei", zählte Whiteman und hob den Revolver.

„Schon gut, Sie haben gewonnen", sagte Riser und rückte den Stuhl nach hinten.

„Ihre Einsicht kommt spät, aber nicht zu spät." Nichts in Whitemans Stimme verriet etwas von den Gefühlen. Kein Triumph, keine Verdrießlichkeit. Er kramte aus der Innentasche des Sakkos eine schwarze

Hornbrille und überreichte sie Riser: „Nehmen Sie diese Augengläser. Damit sehen Sie im Dunklen als wäre heller Tag."

Weiterhin keine Aktionen auf den Bildschirmen. Welden und Born schienen an ihren Plätzen festgekleistert zu sein.

Riser verließ den Salon.

***

Geräuschlos versuchte Riser die Schließung hochzuschieben. Das gelang nicht ganz. Behutsam drückte er die knarrende Tür auf. Dies war der gefährlichste Moment. Jetzt fiel Licht in den Raum und sein Umriss zeichnete sich im Eingang deutlich ab. Er hechtete vorwärts. Schüsse peitschten auf, zirpten beängstlich nahe an ihm vorbei und jaulten als Querschläger durch die Luft. Er landete auf der Schulter und atmete tief durch, weil er nicht getroffen wurde.

Hinter ihm schnappte der Verschlag zu und er lag im Dunklen. Riser versuchte ruhig zu bleiben, trotzdem erhöhte sich die Pulsfrequenz. Er setzte die Sehhilfe auf und erkannte in einem Atemzug, dass ihn Whiteman hereingelegt hatte. Dies war kein Nachtsichtglas, sondern nur eine gewöhnliche Sonnenbrille. Damit war er genauso blind wie Welden und Born. Die Erkenntnis steigerte seine Konfusion und er verlor auf einmal die Selbstkontrolle und jegliche Vorsicht. Er riss den Revolver heraus, feuerte aus allen Rohren und wechselte sofort seine Stellungen.

„Ich mache euch fertig, ihr Hundesöhne!" schrie er. Er schwenkte die Waffe in die Richtung, wo er Steven B. Welden vermutete.

Da spritzte eine gelber Strahl auf ihn zu und landete klatschend mitten auf seiner Brust. Irritiert glotzte Riser auf den glänzenden Farbklecks. Und das Blut staute sich in den Adern.

„Scheiße!" flüsterte Jeff Riser. Das waren seine letzten Worte. Dann stachen aus zwei Fronten Mündungsflammen und schlugen in den signalgelben Fleck auf seinem Oberkörper ein.

***

Atemlos verfolgten die Gäste die Geschehnisse auf den Bildschirmen. Durch die ausgezeichneten Aufnahmen der Nachtkamera waren sie hautnah dabei.

Anerkennend sagte Curtis: „Dieser Welden ist listig wie eine Klapperschlange. Er hat Riser mit Leuchtfarbe angespritzt und dann abgeschossen, als wäre er auf einem Schießstand und zielte auf eine Scheibe."

„Das war Pech für Riser. Wer weiß, was Welden noch alles für Überraschungen für uns parat hat."

„Ich habe Welden absichtlich nicht kontrollieren lassen", sagte Whiteman. „Das macht es doch nur interessanter."

„Achtung, schaut hin. Es geht los", rief einer aufgeregt und zeigte auf den Kontrollbildschirm. „Sie kriechen direkt aufeinander zu. Gleich treffen sie zusammen!"

Auf den Monitoren bobachteten die Zuschauer wie die beiden Männer, die sich nicht sehen konnten, über den Boden robbten und kurz davor waren, zu kollidieren. Nur noch ein knapper Meter trennte sie.

Auf einmal verharrte Welden, hockte sich auf die Ferse und steckte den Revolver ein.

„He, was tut er? Warum legt er die Waffe weg?"

„Was weiß ich. Er kann Born unmöglich sehen. Es ist stockdunkle Nacht um ihn."

„Da! Jetzt hebt Born den Revolver hoch. Er hat Welden genau vor der Kanone. Los, Mann, schieß schon!"

Aber Born schoss noch nicht.

„Ich kann nicht erkennen, was Welden macht. Kann die Kamera nicht näher an die beiden ran?"

„Welden streift einen Ring vom Finger und... er rollt ihn Born direkt vor die Nase. Hey, was soll das? Damit verrät er seine Stellung."

Die Spannung war nicht zu überbieten. Wie hypnotisiert krallten sich die Augen des Publikums an den Bildschirmen fest. Sie vergaßen zu essen und zu trinken.

Mit wachsbleichem Antlitz starrte Anett McCormick auf die Szenerie und wollte nicht glauben was da passierte. „Bleibe liegen, Boy, rühre dich einfach nicht", flüsterte sie.

Wie durch Zauberei hielt Welden ein Stilett in der Hand.

Und Anett und das restliche gaffende Publikum konnten miterleben, wie Welden jählings Jeck Born angriff und er wie eine Furie mit der Klinge auf diesen einstach.

Über die Lautsprecher jagte ein spitzer Schmerzensschrei, der bei den Gästen ein wollüstiges Frösteln verursachte.

Blut überschwemmte den Steinboden. Immer wieder stieß Welden zu. Es entwickelte sich eine tödliche Konfrontation.

Schwerer Atem, schlimmes Stöhnen drang aus den Boxen.

Irgendwie gelang es Born die Messerattacken schwerverletzt abzuwehren und Welden von sich wegzustoßen. Er hatte den Revolver nicht fallen gelassen und schoss.

Erneut ein brüllender Schrei. Diesmal wurde Welden getroffen. Er breitete die Arme aus und kippte nach hinten um. Der Mantelstoff über seinem Brustkorb färbte sich dunkelrot.

„Er hat ihn erwischt. Welden ist getroffen!" rief Curtis.

„Hoffentlich ist er nicht tot. Er soll weiterkämpfen. Ich habe auf ihn gewettet. Los, Welden, aufstehen, weitermachen."

Anett McCormick schlug entsetzt die Hände vor das Gesicht. Das durfte einfach nicht sein, dass sich Welden und Born da gegenseitig hinrichteten. Sie mussten doch trotz der absoluten Finsternis bemerken, wer ihr Widersacher war. Sie sollten sich doch an ihren Stimmen erkennen. Das war bloß ein drittklassiger Horrorfilm, der sich da vor laufender Kamera abspulte. Aber gleichzeitig wurde Anett bewusst, das war kein Film, das war knallharte Realität.

Schwerfällig raffte sich Welden hoch. Weiterhin das blutverschmierte Messer in der Hand. Die Lippen bewegten sich, aber es war nicht zu verstehen was er sagte.

Vor ihm kniete Born. Sein Oberkörper schwankte hin und her und er konnte den Colt nicht ruhig halten.

„Mann, Welden, was zögerst du? Ich habe zehntausend Dollar auf dich gesetzt. Gib deinen Kumpel endlich den Rest. Stich ihn ab!"

Der Nebenmann ereiferte sich: „Das ich nicht lache! Welden hat keine Chance. Born hat die Kanone und wird ihn gleich löchern wie ein Sieb."

Als einziger blieb Whiteman kalt wie ein Eisblock. In seinem Babygesicht zuckte kein Muskel. Nur in den roten Fischaugen leuchtete ein genüsslicher Funke.

Schlapp fiel Welden nach vorne und rammte Born die Klinge in die Brust.

Qualvoll röchelte Born und feuerte noch eine Kugel in Weldens Oberweite. Dann brachen beide übereinander zusammen und bewegten sich nicht mehr.

„Das Spiel ist aus", sagte Whiteman in die Stille hinein und klatschte in die Hände.

Auch die Besucher bekundeten ihren Beifall. Sie waren mit der Darbietung hell zufrieden.

Geschmeidig aalte sich Whiteman aus dem Stuhl. Die massige Körperfülle schien ihn nicht zu behindern. Er sagte: „Ich werde nachsehen, ob jemand überlebte und ihn zum Sieger küren. Miß McCormick erhält die Gunst dem Überlebenden den Hals durchzuschneiden. Mister Curtis, sind Sie bitte so liebenswürdig und lösen Sie Fußfesseln unseres Ehrengastes. Er wird mich begleiten."

***

Als sich der Eingang ein zweites Mal öffnete und aus dem tristen Flurlicht ein neuerlicher Schatten in den Raum schnellte, schoss Jeck Born. Er wusste nicht ob er traf. Gleichzeitig krachte auch aus anderer Richtung ein Revolver.

Dann erneute Dunkelheit und Stille. Jäh stachen rote Blitze aus der Finsternis und eine schrille Stimme überschlug sich: „Ich mache euch fertig, ihr Hundesöhne!"

Born peilte mit der Waffe die Richtung an, aber er schoss noch nicht.

Plötzlich ein merkwürdiges Geräusch und auf einmal leuchtete in der Schwärze ein signalgelber Fleck, der sich hob und senkte.

„Scheiße!" sagte jemand.

Kaltblütig visierte Born den beweglichen Leuchtpunkt an und drückte ab. Mit ihm feuerte noch ein anderer zweimal.

Ein dumpfer Körperfall und der strahlende Farbfleck bewegte sich nicht mehr.

Angestrengt horchte Born und versuchte die tintenschwarze Wand vor ihm zu durchbohren. Er wusste, dass der andere, der wie er geschossen hatte, unmittelbar vor ihm liegen musste. Er glaubte schon dessen Atem zu spüren.

Verkrampft hielt Born die Waffe. Verdammt, wieviel Kugeln waren noch in der Trommel, schwirrte es durch seinen Kopf. Er hob den Colt und wollte abdrücken, aber irgendetwas ließ ihn zögern.

Aus dem dunklen Nichts kullerte ein gelbleuchtender Gegenstand über den Boden auf ihn zu. Genau vor sein Gesicht. Er griff danach. Es war ein Ring, dessen Phosphorstein wie ein Komet funkelte. Augenblicklich kam die Erkenntnis. Der Ring gehörte ihm. Aber von wem kam er?

Während er noch überlegte, wuchtete sich ein Körper auf ihn und er vernahm ungläubig Weldens Stimme murmeln: „Keinen Laut, alter Kumpel. Zeig nur mal deine Schauspielkunst. Wir werden gefilmt."

Grenzenlose Erleichterung füllte Born aus.

„Du Blödmann, beinahe hätte ich dich erschossen. Wieso kommst du jetzt erst? Wo, zum Teufel noch mal, hast du dich herumgetrieben?", raunte er. Er spürte wie Welden heftig seinen Rücken traktierte. „He, was machst du da?"

„Ich bearbeitete dich gerade mit einem Gummimesser. Schrei gefälligst. Ich lasse auch ein paar Ketchuptüten platzen."

Beide Männer rauften sich durch die Dunkelheit.

„Okay, Junge, jetzt ballere deine Kanone auf mich ab", tuschelte Welden am Ohr von Born.

„Du bist verrückt!"

„Keine Sorge. Unter dem Mantel trage ich eine kugelsichere Weste."

„Du spinnst. Aus dieser Entfernung schieße ich dir die Gedärme raus!"

„Außer blaue Flecken werde ich nichts abkriegen. Aber wir müssen eine glaubhafte Show bieten. Sie müssen uns den tödlichen Kampf abnehmen. Whiteman hat Anett gefangen. Und wenn er nur den geringsten Zweifel hegt, killt er sie und dann uns."

„Auf deine Verantwortung", flüsterte Born lapidar und betätigte den Abzug.

Peitschend entlud sich der Revolver und der Aufprall des Geschosses raubte Welden die Luft. Jetzt feuerte Born noch einmal und Welden brüllte aus Leibeskräften und landete auf dem Rückenkreuz. Der Ketchup platzte aus dem Plastikbeutel unter dem Trenchcoat und tränkte den Stoff.

Eine Minute war Welden wirklich benommen. Er hatte die Wucht einer Patrone beim Aufschlag weit unterschätzt.

Borns leise, besorgte Stimme hörte er kaum: „Boy, Boy, bist du okay?"

„Mir geht es blendend", stöhnte Welden unterdrückt. „Pass auf, ich gebe dir gleich den Rest." Und er stach nochmals auf Born ein.

Jeck Born gurgelte todgeweiht, schob den Revolver unter Welden Achselhöhle und schoss ein letztes Mal.

Sie umklammerten sich, ihre Leiber zappelten noch ein wenig, dann streckten sie alle Glieder weit von sich.

Hochachtungsvoll zischelte Born: „O Mann, mit dieser Show würden wir in Hollywood Furore machen."

Ihre Körper klebten wie Ölsardinen aufeinander und überall strömte Ketchup aus.

„Sag mal, ist das Curryketchup?"

146

„Halt dich einfach still, Jeck", wisperte Welden. „Zucke nicht einmal mit der Augenbraue. Denk daran, du bist mausetot und wirst gerade gefilmt."

Auf einmal erstrahlte der Raum im hellsten Neonlicht.

Zeitlupenhaft rutschte Welden von Born herunter und zwinkerte vorsichtig mit den Augen.

Jemand war dabei die Tür aufzudrücken. Aber er tote Jeff Riser lag direkt davor und blockierte sie. Nur zentimeterweise ließ sich die Leiche wegrücken.

Ein Gebirge von Mann verdunkelte den Eingang.

Aus den Augenwinkeln erblickte Welden ein Monstrum. Eine riesenhafte Gestalt mit einem abgrundtief häßlichen, zwergenhaften Kopf, der wie ein Fremdkörper aus dem halslosen Rumpf wuchs. Aber frappierend war die Ähnlichkeit mit Neil Lincoln.

Fest umarmte Whiteman, die klein wirkende, zierliche Anett McCormick. Er hielt ihr den Derringer an die Schläfe.

Weiterhin mimte Welden den Sterbenden. Whiteman wird nicht all zu lange brauchen um den Schwindel zu durchschauen.

Entkräftet starrte Welden den missgestalteten Mann entgegen. Neben ihm kauerte der verblutende Born, der bemüht war, den Atem anzuhalten.

„Du hast gesiegt, Scheißkerl! Zufrieden?" Haltlos pendelte Weldens Kopf hin und her. Wie dickflüssiges Blut ergoß sich der Ketchup aus seinem Mund. Mühsam stammelte er: „Du hast gesiegt, Whiteman. Lass Anett gehen. Du hast mich, was willst du also mit ihr?"

Mitleidlos betrachtete Whiteman den vermeintlichen Todeskandidaten. Kalt sagte er: „Du hast einen bemerkenswerten Kampf geliefert, Welden."

Beharrlich behielt er die zitternde Anett als Schutzschild im Arm und nahm auch nicht die Waffe von ihrer Schläfe.

'Mach schon, du Ungeheuer, nimm die Knarre herunter', grollte Welden innerlich. Er langte unter den Mantel und tat, als wollte er die blutende Wunde zuhalten. Whiteman konnte nicht sehen, wie er nach der Pistole tastete.

„Eueren Weg pflasterten viele Leichen. Ich habe soviel Männer verloren wie noch nie. Ihr beiden wart die Besten. Und du bist der großartige Gewinner, Welden. Dir gehört der Triumph. Meine Anerkennung dafür."

Whiteman plauderte freundlich wie auf einem Bankett. „Du sollst großzügig belohnt werden, Welden. Nicht ich werde dir die Kehle durchschneiden, sondern dein reizendes Püppchen."

„Das werde ich nicht tun", protestierte Anett wild.

Whitemans breite Lippen lächelten. Und sein Gnomengesicht wurde noch abstoßender. Brutal presste er Anett an sich und erstickte ihren Widerstand. „Du wirst es tun, kleines Mädchen, oder ich töte dich wie eine Schmeißfliege."

„Das werden Sie doch sowieso tun, Sie Scheusal!"

„Aber nicht sofort. Vorher werde ich dich richtig durchbumsen. Freue dich darauf!"

Da spuckte ihm Anett ins Gesicht. Er reagierte nicht. Zäh rann ihm der Speichel über die Wange. Nur die Fischaugen verengten sich wie Schießscharten. Er rührte keinen Finger um die Spucke abzuwischen. „Erlöse deinen Freund von seiner Qual. Am besten du nimmst sein Messer."

Fest trat er auf die blutbesudelte Klinge zu seinen Füßen.

„Was ist das?", fragte er überrascht, weil der Stahl nachgab. Ihm war, als trete er auf Gummi. Die Gedanken liefen auf Hochtouren.

Dann ging alles blitzschnell. Und Whiteman konnte nicht mehr zu Ende denken.

Der vermeintlich schwerverletzte Welden und der tote Born erwachten wie von der Tarantel gestochen zum Leben und ihre Waffen waren auf ihn gerichtet.

Bevor Whiteman die Überraschung verdaut hatte, biss ihm Anett rigoros in den Handballen und er stieß einen bösen Schrei aus.

„Du dreckiges Weibsstück", knirschte er mehr vor Wut als vor Schmerz.

Wie ein Drachen wirbelte Anett in Whitemans Armen herum und ehe er reagieren konnte, pflügten ihre scharfen Fingernägel wie Rasierklingen durch sein popoglattes Gesicht.

Whiteman schrie diabolisch.

„Spring zur Seite, Anett!" bellte Welden.

Anett McCormick riss sich los.

Welden und Born schossen gemeinsam. Sie trafen Whitemans mächtigen Oberkörper. Aber der zeigte keine Wirkung. Whiteman torkelte nicht einmal. Aus der zerfurchten Wange strömte das Blut, genauso wie aus dem schneeweißen Hemd. Er schwenkte mit der kleinen Waffe herum. Ihn beherrschte nur noch ein Gedanke. Die Frau durfte ihm nicht entkommen. Sie war seine Rettung. Wenn er sie in seine Gewalt bekam, konnte ihn niemand mehr töten. Ungeachtet der gigantischen Fettleibigkeit und den Schussverletzungen war er erstaunlich geschmeidig und schnell auf den kurzen Beinen.

„Laß es sein, Hurensohn!" rief Welden. Aber Whiteman hörte ihn nicht. Mit ausgebreiteten Armen trieb er Anett in eine ecke.

„Gehe zur Hölle!" sagte Welden und er schoss Whiteman in den Rücken.

Unbeherrscht schleuderte Born die leer geschossene Waffe nach Whiteman. „Scheiße, Boy! Wie sollen wir dieses Monster aufhalten? Er schluckt die Kugeln wie Magenpillen."

Inzwischen war es Whiteman gelungen Anett einzufangen. Er drückte sie mit dem Körper an die Wand und sie bekam das Gefühl in einen Schraubstock eingeklemmt zu werden. Er umschlang sie wie ein Krake, hob sie hoch und ihre Füße verloren die Bodenhaftigkeit.

Langsam drehte sich Whiteman mit seinem menschlichen Schutzschild um. Tückisch fixierte er die beiden Männer und sagte: „Ihr werdet mich jetzt ganz einfach gehen lassen. Sonst zerquetsche ich eurer Freundin wie eine Tomate."

Beidhändig und mit ausgestreckten Armen zielte Welden auf Whiteman. „Du wirst dieses Gemäuer nicht lebendig verlassen. Die Kugeln im Bauch haben dich nicht gejuckt. Aber die nächste Kugel fährt in deinen Schädel und wird dir das Scheißgehirn wegblasen. Du hast zu hoch gepokert, Whiteman, und dein eigenes Spiel vergeigt. Gib Anett frei."

Mühelos stemmte Whiteman die strampelnde Anett so weit hoch, bis ihr Oberkörper sein Gesicht abschirmte. „Versuche doch mich zu treffen", lachte er gehässig. Schritt für Schritt näherte er sich dem Ausgang. Immer mit dem Rücken an der Mauer entlang. Er stolperte auch nicht über den toten Riser.

Beständig verfolgte Welden mit der Automatik jeden der Bewegungen Whitemans. Aber er wusste nicht mehr, wie viele Kugeln er noch im Lauf hatte.

„Schieß endlich", drängte Born dicht hinter ihm. „Er entwischt uns. Mann, tue etwas. Er wird uns entwischen und Anett töten!"

„Ich weiß, aber er gibt kein Ziel ab. Ich kann Anett nicht gefährden. Ich will nicht, dass sie die Kugel einfängt."

Schon erreichte Whiteman mit der Geisel den offenen Ausgang.

In diesem Moment schwang Anett die Füße weit hoch.

Geistesgegenwärtig senkte Welden die Waffe und feuerte. Die Kugel zerschmetterte Whitemans Kniescheibe und der massige Koloss knickte ein. Der unerwartete Schmerz veranlasste ihn die Umklammerung zu lockern. Anett entglitt ihm nach unten. Für Sekunden war Whitemans Kopf ungeschützt. Instinktiv versuchte er den widerspenstigen Frauenkörper noch einmal hochzuziehen. Doch das gelang ihm nicht mehr.

Zweimal schoss Welden. Und es klang wie ein Schuss.

Der tödliche Getroffene gab keinen Ton von sich. Er stand wie ein Monument. Dann begann er bedenklich zu wanken.

Vergeblich drückte Welden die Waffe nochmals ab. Klack. Keine Patrone mehr.

Einige lange Augenblicke konnte Whiteman weiterhin das Gleichgewicht halten. Schließlich stürzte er wie ein gefällter Baum der Länge nach hin und nahm Anett mit sich. Sie spürte wie Whiteman über ihr den letzten Atemzug machte und dann keinen Laut mehr von sich gab. Er verendete mit einem ungleichförmigen, daumengroßen Einschussloch über der Nasenwurzel.

Erfolglos versuchte Anett sich aus den Fängen des Sterbenden freizuschaufeln.

Erst Welden und Born gelang es die geschockte Anett aus Whitemans steifen Händen zu befreien.

Weinend stürzte Anett in Weldens Armen und küsste ihn unentwegt. Epileptisch zuckte ihr schlanker Körper. Ungewöhnlich weich sagte Welden: „Alles okay, Darling. Der Spuk ist vorbei. Niemand wird dir etwas zu leide tun."

„Ich hatte solche Angst um dich", schluchzte sie.

Liebevoll hielt er sie fest. „Ja, ich weiß. Aber jetzt ist alles gut. Der Horror ist vorüber."

Total erschöpft stützte sich Jeck Born an der rauhen Mauer ab. Der Körper von Torturen gezeichnet, frierend, mit zerfetzten Kleidern, mit Blut und Ketchup beschmiert. „He, ihr Turteltauben, wer kümmert sich um mich?"

Erschrocken blickte Anett auf ihn: „Oh, mein Gott, Jeck, du siehst ja schrecklich aus." Sie trennte sich von Welden und umarmte Born tröstend.

Born vergaß die Schmerzen und grinste über das ganze blutige Gesicht.

Derweil klaubte Welden Whitmans Derringer vom Boden auf. Leidenschaftslos zeigte er auf die schwenkbare Kamera im Eckenwinkel des Plafonds. „Wir können uns noch nicht ganz ausruhen", sagte er. „Es gibt noch eine Kleinigkeit zu tun für uns."

„Was meinst du?" fragte Born mit Argwohn.

„Wir werden immer noch gefilmt. Es wird Zeit dem Schauspiel ein Ende zu bereiten."

Welden zerschoss die Kameralinse. Und sie zerplatzte wie eine Glühbirne.

Schnell hastete er dann über den Flur zur Hotelhalle. Etwas langsamer folgten ihm Born und McCormick.

Die auserlesene Gesellschaft, die das tödliche Spektakel über die Monitore miterlebte, war gerade im Begriff hektisch Reißaus zu nehmen. Laute, schrille Stimmen, dichtes Gedränge im Foyer. Jeder wollte als erster zum Ausgang.

Kaltlächelnd feuerte Welden ein paar Schüsse über ihre Köpfe und die Horde stoppte, als rannte sie gegen eine unsichtbare Mauer. Zornig sagte er: „Alles bleibt hier. Niemand rührt auch nur einen Zeh. Bis die Bullen kommen!"

Wie auf Kommando heulten in der Nähe Polizeisirenen.

„Alle Achtung", meinte Welden und blickte auf die große Uhr an der Wand über der Rezeption. „Es ist halb eins und die Cops sind da. Das nenne ich Pünktlichkeit."

Er wandte sich noch einmal an die nun schweigsame Gästeschar: „Ich hoffe, Sie haben sich den Champagner und den Muschelsalat munden lassen. Denn ich befürchte ihr müsst für längere Zeit mit spartanischer Kost vorlieb nehmen."

***

Die Citizenpolice entdeckte in der obskuren Herberge hochbrisante Beweise aus einem verborgenen Safe. Dazu eine Unmenge von Dias und ein Arsenal von Video 8 Filmen. Whiteman produzierte sogenannte reale Filme. Er inszenierte echte Todeskämpfe zwischen Menschen, die sich ungewollt im Dunkeln einen Kampf auf Leben oder Tod lieferten und filmte sie. Darunter waren auch Vergewaltigungen und Misshandlungen an jungen Mädchen, die am Ende bestialisch ermordet wurden. Mit den Liveaufnahmen betrieb Whiteman einen schwungvollen Verkaufs- und Verleihhandel. Eine erlesene Auswahl von gutsituierten Gästen durfte für einen horrenden Betrag die Vorstellungen lebensnah beiwohnen.

Im Zuge der Ermittlungen fanden die Beamten heraus, dass Whiteman in Wirklichkeit Martin Lincoln hieß und mit seinem Bruder Neil zur Tarnung ein Immobilienbüro führte. Neil Lincoln war der Mann, der die Opfer aussuchte und ihnen Fährten und Indizien legte, die sie unweigerlich zu dem Hotel brachten. Warum Whiteman, alias Martin, den Bruder Neil von Welden töten lassen wollte, darüber konnte nur spekuliert werden. Wahrscheinlich ging es um Geldgier und um Machtbefugnisse. Beide kontrollierten auch einen Teil des Drogenmarktes und der Prostitution.

Laurel Walker wurde als Randfigur eingestuft, ob sie die wahre Identität ihres Bosses Neil kannte und sie von den bizarren Todesspielen im Belvedere wusste, war auch nicht mehr nachvollziehbar. Der Mord an Neil Lincoln wurde allerdings ihr zugeschrieben.

Weiterhin stellte sich heraus, dass die zwei Polizisten, die Riser in ihrem Dienstfahrzeug abgeknallt hatte, auch korrupt waren und auf Whitemans Gehaltsliste standen.

Gegen Steven Boy Welden und Jeck Born wurde keine Anklage erhoben.

**

Jeck Born wurde in einem Hospital stationär behandelt und musste trotz seines energischen Widerspruches einige Tage unter ärztlicher Obhut verbringen. Allmählich kam er wieder zu Kräften. Die Narben der elektrischen Verbrennungen werden allerdings nicht so schnell abheilen.

Etwas besser erging es Steven B. Welden. Er erhielt lediglich einen strammen Verband um die gestauchten Brustrippen gewickelt, der ihn nicht allzu sehr behinderte.

***

Eine Woche später trafen sich die beiden Freunde im Nebenzimmer von Mama Rosas Cafe und genossen Rotwein und Lasagne mit Hackfleisch.

Welden wischte sich mit der Serviette die Tomatensoße vom Mund und erzählte: „Ich brachte also Anett zu Mama Rosa in Sicherheit. Ein Trugschluss wie sich später herausstellte. Na egal. Ich besorgte mir dann in einem Geschäft eine kleine Wasserspritzpistole und füllte sie mit gelber Leuchtfarbe. Auch eine kugelsichere Bleiweste kaufte ich mir. Ich hatte nur einen vagen Verdacht. Es war einfach merkwürdig, dass sich sechs Detektive gegenseitig töten sollten. Es sei denn, man sperrte sie unabhängig von einander in einen lichtlosen Käfig, in dem sie sich nicht erkannten und aufeinander losgingen."

„Du hast mit deiner Vermutung ins Schwarze getroffen. Genau so war es."

„Ich hatte Glück", sagte Welden nüchtern.

Born versuchte lustig zu sein:„Und Dusel, dass ich meinen funkelnden Ring erkannte. Um ein Haar hätte ich dich abgeknallt wie einen Feldhasen. In einem direkten Duell Mann gegen Mann hättest du alt ausgesehen."

„Du hast dir doch vor Bammel die Hose nass gemacht", witzelte Welden.

Borns lädiertes Antlitz verdüsterte sich. Er wurde wieder ernst: „Ich gebe dir recht. Ich war fast 60 Stunden in diesen Bunker. Ich war blind wie ein Maulwurf und hörte nur den eigenen Pulsschlag. Du sitzt schutzlos im Gefängnis und haderst mit deinem Schicksal. Du vernimmst Geräusche wo keine sind, und weißt, dass dich der Tod wie ein Blitz treffen kann und deine Chance gleich Null ist. Die Angst krallt sich in dir fest und lässt dich nicht los."

„Vergiss den Scheiß. Du bist wieder unter den Lebenden."

Nachdenklich kaute Born an der Zigarette. Sein Kopf war gesenkt. „Als mein Ring vor meiner Nase kreiselte, fiel eine Zentnerlast von mir ab. Ich vernahm deine vertraute Stimme und die Furcht war wie weggeblasen und ich konnte wieder atmen."

Gewollt brüsk sagte Welden: „He, Alter, hör auf mit der sentimentalen Kacke. Denk nicht mehr daran. Vergiss es. Wir haben die Bösen besiegt."

Born gelang ein schiefes Grinsen: „Okay, du hast recht. Wir sind die Gewinner." Er trank vom Wein und wechselte einfach das Thema: „Ich will ja nicht neugierig sein. Aber seit wann bist du wieder mit Anett zusammen?"

„Wie kommst du auf diese Schnapsidee? Wir sind nicht zusammen."

„Na, hör mal. Ich habe doch nichts auf den Augen. Im Belvedere hat Anett dich nach ihrer Befreiung niedergeknutscht, dass dir die Luft wegblieb. Oder habe ich das geträumt?"

„Sie war ein wenig impulsiv und aufgewühlt", erwiderte Welden. „Das bedeutete nichts. Glaub mir, da läuft nichts zwischen uns."

„Rede nicht um den Brei. Raus mit der Sprache, was ist los mit euch?"

Welden steckte sich eine Zigarette an und sagte rau: „Ich bin ein Idiot. Ich habe ihr Vorwürfe gemacht, weil sie gegen meine Anweisung nicht bei Mama Rosa geblieben war, sondern mir hinterher gefahren ist und sich in Lebensgefahr begeben hat. Sie wäre beinahe getötet worden. Darauf nannte sie mich einen sturen Esel und verwünschte mich zur Hölle."

„Du bist wirklich ein Riesenidiot", seufzte Born. „Mensch Boy, Anett ist die wunderbarste Frau, die ich kenne. Und sie liebt dich. Du solltest aufpassen, sonst geht sie dir endgültig verloren."

„Sie hat ja schon einen neuen Freund", lamentierte Welden.

„Na und? Du liebst sie und wenn du sie behalten willst, rufe sie an. Dort steht das Telefon!"

„Ich kann nicht! Sie schickt mich zum Teufel."

Jeck Born erhob sich vom Stuhl. „Ich mische mich normal nicht in dein Privatleben ein, das weißt du, Boy. Doch diesmal will ich dir einen kostenlosen Rat geben. Ich habe gesehen wie du dich im letzten halben Jahr nach der Trennung von Anett verändert hast. Du bist nicht mehr ansprechbar. Du bist ein richtiger Miesepeter geworden. Launisch und gereizt. Du rauchst zuviel, du säufst zuviel und du bumst zu viele Huren. Vergiss deinen kindischen Stolz und hänge dich an die Strippe und sage Anett, du brauchst sie wie der Surfer den Wind."

„Du quasselst wie ein Psychiater."

„Mag sein, aber du musst zugeben ich habe recht." Born angelte sein Jackett vom Kleiderhaken und verabschiedete sich: „Ich lasse dich jetzt allein. Mach was du willst. Rufe Anett an oder nicht. Doch du verlierst sie, wenn du es nicht tust."

„Und wenn sie mich abblitzen lässt?"

Born grinste: „O Mann, was bist du für ein Waschlappen. Der beinharte Steven Boy Welden fürchtet sich vor einer Frau, die ihm eine Abfuhr erteilen könnte. Ich glaube es einfach nicht."

Kopfschüttelnd ließ er Welden allein zurück.

Fünf Minuten verharrte dieser wie angeleimt auf dem Stuhl. Schließlich gab er sich einen Ruck und ging zu dem Telefonapparat, der auf einem Wandbrett aufgestellt war. Während er wählte, steigerte sich seine Nervosität wie bei einem Schuljungen, der vor dem Kino sein erstes Date erwartete. Er versuchte sich zu beruhigen. Wahrscheinlich war Anett gar nicht zu Hause. Und sollte ihr Freund Tom dran sein wird er sofort auflegen.

Anett meldete sich so ungewöhnlich schnell, dass ihm die vorgemerkten Worte wegblieben. Ihm fiel nicht mehr ein was er sagen wollte.

„Wer spricht dort? Boy, bist das du?" fragte sie leise.

Er benötigte einige Sekunden, bis er die Sprache wiederfand. Er haspelte: „"Hallo Lady. Ja, ich bin es, Boy. Ich...ich würde dich gerne zum Abendessen einladen, hast du Lust? Was sagst du? Warum? Na ja, weil...weil, verdammt Anett, einfach so, weil ich dich sehen will. Nein, kein besonderer Anlass. Einfach nur so. Wieso warum? Weil du mir fehlst, ich...ich brauche dich.- Warum, warum, weil…weil, gottverdammt, weil ich dich liebe. Ja, ich liebe dich, bist du nun zufrieden?"

Ihre Antwort zauberte eine erstaunliche Helligkeit in seine angespannten Gesichtszüge. Auf einmal war alles ganz einfach. Locker lehnte er an der tapezierten Mauer und sagte: „Du nimmst die Einladung an? Nein, nein, ich hege garantiert keine Hintergedanken. Nur ein bescheidenes, gemütliches Essen heute Abend bei Mama Rosa. Du weißt schon, Kerzenlicht, Salamipizza und Rotwein. Was ist? Du musst schleunigst auflegen? Was heißt, du hast nichts zum Anziehen? Du musst dir noch ein Kleid kaufen? Du bist verrückt, Anett. Das ist doch kein Festbankett, das ist nur ein Pizzaessen, komm einfach in Blue Jeans..."

ENDE

Herstellung und Verlag:
BoD - Books on Demand, Nordetstedt
ISBN 978-3-8391-3448-1